咏春调

张执浩 著

长江出版传媒

长江文艺出版社

张执浩近照

0咏春诗圈

我母亲从来没有穿过花衣服
这是不是意味着
她从来就没有她年轻？
春天来了，但是最后一个春天
我背着她从医院回家
在屋后的小路上
她紧紧贴在我背上继续地说道：
"儿啊。我以后一定不让你养活我
免得你害怕。我很知足，我很幸福。"
十八年来，每当冬去春来
我总会想起那个下午
我背着不幸的母亲走
在开满鲜花的路上
一边走一边哭

2019. 3. 29

像样的爱情

一起看花的两个我
两个我一起看花
并不是同一件事
譬如说杜鹃花开了
先生的山谷里并不见新生的了
两个我在火海中不知所措
你看我我看你
越看越觉得此生可惜
这样的爱谁不想要呢
这样的爱至死不见骨灰

              2019.1.26

                  张执浩手稿

目 录

第三辑 2019

第六辑　2022

第 一 辑 2017

滚铁环

我滚过的最大的铁环

是一只永久自行车的轮圈

我用弯钩推着它

摇摇晃晃地上路

八月的星空

高高的谷堆

我沿晒谷场一边跑

一边尽情想象

黑暗的尽头

当我越跑越快

铁环溅出了火花

我感觉自己已将黑暗推开

而身处黑暗中的父母

放下蒲扇

紧张地望着我

目送着我消逝

在了黑暗深处

一杆秤

杀牛的那天下午

我们坐在田坎上把玩一杆秤

漆黑油腻的秤杆上

有一串白色的暗淡的星星

秤钩又亮又尖

秤砣又大又沉

全村的人都来了

欢天喜地地

围着一口大铁锅

杀牛的那天下午

我们在沸腾的铁锅旁

央求屠夫

将我们每个人都挂在铁钩上

称一称

当我蜷起双腿离开地面时

我第一次知道了

自己的斤两

阳光真好

洗净的衣服拧干后

要在空中抖开

一个人能干的活无须两个人合作

我在树荫下睡觉

阳光真好啊

只晒那些需要晒的事物

妈妈你真好

不把床单洗干净你是不会

叫醒我的，而当我醒来

我会像泥鳅一样灵活

抓紧床单的一角

旋转着身体，使劲拧

床单在滴水

你在水滴的尽头咯咯笑

我在这一头越拧越起劲

直到现在仍然不肯松手

泡木耳

我对木耳有一种永不枯竭的喜好
每次，当我把木耳浸在水中
心里就会散发出奇异的满足
就像你刚从梦中醒来
伸伸懒腰，侧身望向窗外
昨晚又下过雨了
现在雨过天晴
木耳趴在湿漉漉的枝丫上
静静地聆听水滴
落在腐叶上的声音
你不知道我也曾这样
沉浸在遗世的欢乐里
以为我们都能像木耳这样
逆来顺受，又生生不息
以为这世上最动听的声音
是我热泪盈眶地抱着熟睡的你
却终于忍不住
把眼泪落在了你的脸上

瓢泼

晨起给菜地浇水的人
并不知道傍晚会下雨
他在晨光中走来走去
木桶晃荡，葫芦瓢磕碰桶沿
辣椒已经醒了一半
扁豆睡眼惺忪
我在菜地边看那些泼出去的水
浇地的人手腕抖动，水花轻柔
朝霞很快就要散了
没有云的天空上飞过几只叫不上名字的鸟
一天之中我曾有很多次机会
像它们一样隐姓埋名
但我总是过于强调自己的感受
直到一场突如其来的暴雨降临
洗刷了这一天的重负
浇地的人回到菜园
两只水桶沮丧地歪倒在角落
葫芦瓢倒扣在地上
我感到体内尚有无法排解的热气
顺着眼前的这些藤蔓在袅绕

河流拐弯的地方

河流拐弯的地方
河水你推我搡
从犹豫，慌乱，到咆哮
直至被彻底驯服
在下一个弯道来临前
当你站在高处平静地眺望
这段无比熟悉的河道
你是否有过不羁的冲动
有好多次
我守候在日落的地方
等着一个人
呼喊着我的乳名
头破血流地朝我奔过来

吹气球

在气球爆炸之前
你不能确定它能被吹多大
在气球爆炸以后
你也不知道它究竟被吹了多大
你一边吹一边用手抚摸
这个离你的脸庞越来越近的膨胀物
起初它像什么
后来它像什么
在气球爆炸前后
一团光就这样在想象中使劲膨胀
你不能确定最后一口气
将在何时终止，你不能确定
一个人由满面通红到一脸茫然
这中间都经历过了什么

反刍的人

埋在米糠里的鸡蛋

封在坛子里的猪油

挂在屋梁上的腊肉

晾在簸箕上的薯干

摊在筛子里的腌鱼

倒扣在腌菜坛中的辣椒

堆放在火塘角落的花生

藏在屋后地窖里的红薯

悬在树丫上的丝瓜和葫芦

沉睡在草丛中的老南瓜

——哦，十根指头

已经不够用了

第十一根是香烟

供你在饭后反刍

第十二根是铁钉

好多年前就被钉在了墙上

好多年前它就已经生锈了

当它什么都不挂的时候

它连锈迹也挂不住

重返旷野

落满麻雀的树枝背后

北风在蓄力

落满麻雀的草垛上面

太阳走过，无声无息

父亲用棍棒轮换抽打着肩膀

落满灰尘的肩头扛起不断落下的灰

公路尽头

北风醒了

麻雀往南飞

我在麻雀腾空后的树枝上

留下过人猿的记忆

我用父亲留下的棍棒

四处戳捣，漫无目的

太阳昏昏欲睡的时候

我依然保持着少年特有的警醒

蝌蚪上岸的时候

蝌蚪上岸以后就变成了青蛙
四周蛙声一片但我仍然
蹲在池边数蝌蚪
昨天有 21 条
今天还剩下 7 条
下午三点半我们就放了学
起初是一群人在田埂上挤着走
后来一条路上就剩下了我一个
我独自蹲在水池边
太阳还没有落山
池水在慢慢变暗
草丛中的蛙鸣震耳欲聋
我不知道现在回去
家里还剩下什么

观　察

我在镜子里看见我的时候
花旦不知何时也出现在了镜子中
它在观察我
当我情绪低落，它在一旁也是
悻悻的：望着我却不好意思直视我
我也有走投无路的时候
像它一样在人缝间穿插
小心躲避各种践踏
在相互比对中我们相互说服
从它眼里看到的往往是我缺少的
但这并不足以填补我充盈我
一条狗总是在观察
它会让你害怕。还是它
让你意识到仅有害怕是不够的
我在键盘上敲打这些字的时候
花旦仍在一旁观察我
似乎一无所知而又
似乎无所不晓

雨　脚

我奶奶说她不止一次见过雨的脚——
"从南方来的雨脚很大，
从北方来的雨脚很小；
从东面来的雨跑得飞快，
从西面来的雨走一走停一停……"
即使坐在天井边的屋檐下
我奶奶依然会手拄拐杖
云层在变幻，云破处金光闪闪
她自言自语的时候我望着她的脚
那是一双几乎没有见过天日的小脚
我只在夜晚的白炽灯下见过它们
在冒着热气的木盆中
我奶奶不止一次对我叹息道：
"只有在泡脚的时候它们才是脚
别的时候它们和雨脚一样
你能看见它们在地上走，但你不能
看见它们在水下舒展的动作
你也无法抚摸到它们……"

荷叶上的青蛙

一只青蛙蹲在荷叶上
荷叶倾斜着
一滴水珠在荷叶上来回滚动
夏天过了一半
难过仍未结束
像青蛙一样蹲着
像水珠一样无疾而终
像荷叶一样慌张
像荷叶上的青蛙不敢大声鸣叫
我也不敢说出
我想干什么又能干什么

棉桃炸裂

弹花匠背着大弓

绕着一堆棉花来回弹拨

弓弦的嗡嗡声填满了我的耳朵

我看着他的白睫毛

那些飞絮在空中无所依附

冬天还没有来

堆放桔梗的稻场上

麻雀们扬尘一般起起落落

我打不起精神，恹恹的

想着那些变成了棉花的棉桃

它们真的炸裂过吗

但我见过摘棉花的姐姐在夜里

龇牙咧嘴，对着手指头哈气

也见过母亲摘回的棉花上

血迹斑斑。我见过

我耳朵里塞着棉花球

在夜里小心凑近爆竹引信

尚未点燃就落荒而逃

树叶走路的声音

树叶在空中走动时
你不一定留心过
嫩绿是一步
枯黄是另外一步
你在树下来回奔波
直到一片叶子落下来
一树落叶在秋风中形成旋涡
你抬头时看见
天空已经发生了变化
从前长满树叶的枝丫上
落满了不知从哪里飞来的鸟
到了晚上，凌晨时分
大地上全是树叶的走动声
它们从树下跑到墙根下
它们集合又分散
像走投无路的人
走着走着
就消逝在了道路尽头

太阳重新升起

我曾在故乡的小山顶上
目睹过太阳升起的全过程
之前有过很多次
之后很少再有这样的机会
哪怕是现在我坐在秋阳里
身体散发出烤红薯的气味
说你爱她，就应该憋红了脸再说
说过后自己也面红耳赤
再也没有机会这样了
当你和我一样远离故乡的山顶
登完泰山后又来到海边
说你爱她，就应该云淡风轻
让她拽着你的衣襟
大声问："你再说一遍？"
而此时你已经挣扎着跑远
回过头来看见
她的头发在燃烧
她的脸你一生只见过一回
之后每一次再见都是重现

2017，今年的最后一首诗

我在涠洲岛上看见了最纯粹的落日
我在日落大海之际看见了
最真实的我，可以对视的
那个我，接受了孤独和黑暗的我
圆满的一天将终结于此
幸福的人在沙滩上像孩子
来回寻找被潮汐带上岸的杂什
幸福的沙子随波逐流
却没有卑微之感
我在一年将尽之时走到了自己的身旁
我挨我坐下就像终于挨着了你
手指轻拍膝盖
身体里有呼啸声应和着
闪烁的波浪，动荡的太平洋
我知道，这是我仍有把握
以诗人之身活在人间的真正原因

第二辑 2018

答枕边人，兼致新年

唯一的奇迹是身逢盛世

尚能恪守乱世之心

唯一的奖赏是

你还能出现在我的梦中

尽管是旧梦重温

长夜漫漫，肉体积攒的温暖

在不经意间传递

唯一的遗憾是，再也不能像恋人

那样盲目而混乱地生活

只能屈从于命运的蛮力

各自撕扯自己

再将这些生活的碎片拼凑成

一床百衲被

唯一的安慰是我们

并非天天活在雾霾中

太阳总会出来

像久别重逢的孩子

而我们被时光易容过的脸

变化再大，依然保留了

羞怯，和怜惜

抹香鲸在睡觉

我第一次看见抹香鲸在睡觉

一根千年古木倒插

在大海深处

大海在睡觉

我第一次被一个庞然大物的睡姿

感动了——它漂浮

在蔚蓝的梦境里

像婴儿一般漂浮

在母亲的子宫中

阳光从高处插下来像栅栏

维护着抹香鲸

漆黑的身躯

这透明的黑暗

让整座大海忽远忽近

在弄拉看日出

日出弄拉

群山来朝

我在山顶仿佛山腰

大声喊阿妹

阿妹不回头

大声叫唤自己的乳名

嘶哑的喉咙吓走了幼兽

十万大山头顶云雾

匍匐在十万零一道沟壑中

我见过朝霞

但没有见过

日出时

刹那间

群山的

疯癫与静穆

鸡冠颂

我喜欢看血红的鸡冠

锯齿一样提升着公鸡的头颅

夕阳西下的时候

透过它就能看见

冬日里

雪地上

鸡群凌乱的爪痕

一只公鸡来回走在自己的爪痕里

拍打翅膀，警觉地

张望着

踢毽子的我们

河对岸的人也与我们一样

在忙腊月的事情

河对岸的公鸡打鸣了

这是庄严的时刻——

所有的鸡都挤在鸡笼门口

唯有公鸡独自站在夜幕前

对着河水流逝的方向

鸣叫起来

我在公鸡的叫唤声里

进屋，拉上门闩

挨着火塘坐下来

周围都是黑夜

我一到黑夜就坐立不安

凡是我碰过的椅子

都会发出吱吱呀呀的叫唤

一团迷雾

朋友发来大雾图
他不知道我尚在雾中
很多年了
我们只有面对面的能见度
甚至当我面对
那张挂满凝霜的脸
竟一次次误以为那不是我
不是那个踩着覆满路面的松针
在迷雾里打转的人
太阳在雾外冷眼旁观
那是我见过的
最红的太阳
烙铁一样
不可描述

抓一把硬币逛菜市

每当感到活不下去的时候

我会立即起身

从鞋柜上的钱罐里

抓起一把硬币

去菜市场闲逛

每当我叮当作响

混迹在人群中，内心里

有一种无法抑制的快乐在涌动

这快乐近似于我小时候

摇晃着积攒的钱罐

站在榆钱树下等候货郎的身影

我在五颜六色的菜市摊旁

一遍又一遍来回走着

当硬币花光时

某种一文不名的满足感

让我看上去不是一般的幸福

有些花不开也罢

"无花果的叶子就是无花果的花。"
——我忘了这是毛子还是东林说的
也忘了是在张家界还是在涠洲岛
此刻我一边吃无花果一边上网查——
"无花果并非不开花，而是花小
藏于花托内，故又名隐花果……"
此刻，我似乎已经真理在握
却又感觉特别虚弱——因为
我也像一颗隐藏在花托中的果子
你们看到的我都是我的结果

无　题

年纪大了梦想就会变小

当我意识到

某一天

我从大梦中醒来

脑海里却没有梦过的划痕

脸上也无悲无喜

当这一天无声无息地

来到我身边

像今天这样

蜷在床头

窗外，樟树叶正在经过隆冬

寒风熨着苍茫人境

我几乎就要度过

这风平浪静的一生

大雪进山

大雪是晚上来的
第二天早上还没有离开的意思
第二天上午父亲叫上我
跟他一起进山走亲戚
根本就没有路可走
但父亲在前面走着
我跟着他，从一个清晰的
脚窝到另一个模糊的脚窝
雪越下越大
昨天还见过的山已经不见了
父亲领着我往雪堆上走
父亲带着我在雪堆里穿梭
直到一股浓烟将我们拦下
那是我见过的
最黑的烟囱
发黄的炊烟紧贴着屋檐
陈旧的亲戚站在屋檐下
呵出的热气模糊了他
乐呵呵的脸

奔丧之路

绿皮火车在冰天雪地里走走停停
窗外的雪景从来不曾这样刺目
沿途的站牌荒凉如墓碑
一块，一块，不带感情
我曾无数次走在这条路上
现在才意识到省亲之路
早晚会变成奔丧之途
而我其实是那个隐形的筑路工
一边起早贪黑地修路
一边胆战心惊地冀望着
此路不通，至少越晚越好

狗年忆狗

墙壁转角处
满是花旦的蹭痕
昨天做卫生
我对我说：
再也不养宠物了
话音未落就看见花旦
在照片里
怔怔地望着我
那无辜的神情
栩栩如生
如同它在世时
每次我们出门
从门缝里钻出的
那最后一瞥——
门关上
它趴下
侧耳倾听
熟悉的足音
与陌生的世界会合
它只能无力地
从一个墙角踱到另一个墙角

它不记得自己在我们不在的
时候干过什么
现在我替它记下了
那长达数年的惯性
再用一块抹布轻轻拭去

给自己的新春祝词

窗户把阳光让进了屋子
我端来茶水，在阳台上坐下
这是慵懒的安静的冬日
新春伊始，生活中遍布睡意
我愿顺从你的指引
珍视这沉重的肉身
我愿由此获得轻逸，无碍
像涧溪之水顺从草木的牵引

旧时光

埋头吃草的牛
吃着吃着就翻过了
半阴半阳的山坡
最后一眼看它的人
也消逝在了芝麻地尽头
玩弹珠的孩子弹珠一样
蹦跳在彩色的山坳间
黄昏已然降临
远去的牛铃声在远去
远去的呼唤声
却越来越清晰

为罗平油菜花而作

床单铺好了就应该睡觉
春困的人在罗平
却怎么也睡不着
蜜蜂在侧，春光大泄
磨油坊里的灯火从古至今
一直在闪跳
死去的父亲蹲在床头
抽烟，咳嗽
死去的母亲一次次
将四散的菜籽归拢
那些孤儿一般黝黑的菜籽
从命运的指缝间滑落
我是其中滚得最远的那一颗
独自灿烂过了
现在独自落寞

花　饭

一碗花饭有若干种吃法
我选择最古老的那种——
端着碗，赤脚蹲在多依河边
自己吃一口
喂鱼儿一口
到最后，碗底现出了彩虹
我选择用这种目瞪口呆的模样
来称颂艳丽而呆萌的乳茄
鸟雀在对岸的树梢上
换着花样叫唤
打鱼的人撒下网
并不急于收网
春天来了，吃饱了饭的人民
心满意足之余
也会像我一样
在房前屋后乱窜
把每一次散步当作旅游

花　事

繁忙的季节已经来临
我这里到处都在开花
你那里也是吧
你身边的人昨天给我打电话
说起他曾经爱过的人
依然貌美如花，依然像
那天傍晚我站在樱花树下
看见的对面山坡上的那簇梨花
梨花的背后还有桃花
而你在海棠花下
歪着头，捋着一缕一缕
先前被人弄乱的长发

地球上的地方

——给印

乘两班飞机再转

数小时的巴士

可以去任何地方

当我站在地球上打量

地球之外的任何地方

看见你正在转动

怀抱里的地球仪

你已经找到了自由

接下来你要寻找平静——

那么多的树木在森林中安息

你走在斑驳的林间

踩着阔叶林遇见了针叶林

睡前故事

最好听的故事讲到一半
会遇到睡眠；最平静的
呼吸里浮现过一张
从来没有见过的脸
最好看的人不是别人
也许就是你了——你
侧身在床头像一本书摊开
折痕处往往故事最惊险
我曾是最好的听众
在没有人见过的黑暗中
我曾是最好的读者
在无人入睡的夜晚
最好听的故事从前发生过
今后还会发生
今后还将由我转述给你听

认　领

春分过后阳气回升
伸懒腰的人也拉抻着驼背
走在路上时常感觉
这也可以有
那也是自己的
尤其是在黄昏
逆光中的少女忽走忽停
像一个个忽近忽远的发光体
婆娑的季节就要到了
路边的香樟树要在风中
抖落一些旧叶
才能为新芽腾出空枝

春天来人

出门遇雨也许不是坏事
有闲情想想去年此时
你身在哪里
如果去年此时也在下雨
不妨想想前年甚至
更遥远的过去
春雨总有停歇的间隙
你站在廊下看屋檐水
由粗变细，由疾到徐
最后的一滴
时常会淌进你的脖颈
而河面由浊变清
远山迷蒙，裤管空洞
有人穿过雨帘走到跟前
甩一甩头发露出了
一张半生半熟的脸

你以为呢

蕙兰开了一个月还是谢了
我把凋落的花瓣捡起来
埋进了山茶花盆里
山茶树今年没有开花
越过冬天茎叶枯萎了
我把它连根拔起
放进了垃圾堆
搁在灶台一角的大蒜发了芽
我把它们埋进了闲置的花盆内
阳光照着绿油油的蒜苗
生也好看
死也好看

十 方

出发去天上

遭遇最灿烂的阳光

白云堆积成山河的形状

东方有愁苦

西面有幸福

南面空虚

北方冰封

有人在东南方种树

有人在西南方建庙

我先撩开东北一角

再瞧瞧一望无涯的西北

那里有个窟窿

下面是天山

你爬到了山顶才直起腰来

你在人间拼命朝天堂挥手

黄山松

从黄山上下来两年后
我又一次想起了
那些高高低低的黄山松
它们的姿势真的很像烈士
披头散发甚至戴着镣铐
昂首挺胸甚至肩并肩地
站在悬崖边
那天山上起了大雾
我在能见度不足百米的
栈道上慢慢走着，心想
如果我也像它们那样
一动不动地伫立在悬崖旁
你会不会以为我也是
时刻准备为生活就义的人
只是那时我还没有想好
遗嘱。现在我想清楚了：
"那些生活在悬崖边的
肥美的松菌我还没有吃够。"

孩子们不知道

孩子们不知道桑葚的出处
八个孩子中只有三个曾经吃过
只有一个曾亲手采摘
当他们围在卖蚕人的身边
一片桑叶上有两条蚕
两片桑叶都有正面和反面
孩子们不知道桑叶的味道
更不懂得什么是蚕食
数十条幼蚕在竹篮里蠕动
数百片桑叶在回忆桑树
一个孩子紧张地伸出指头
去拨弄一根灰白的肉虫
其他的孩子都往后退散
一个孩子住进了茧壳
其余的孩子也模仿他的样子
蜷在这个春天的黄昏
桑葚在远方红里透黑了
做梦的孩子还在梦中呼救

祭父诗

一般来说，树有多高
它的根须就有多长
有时候你无法想象
落日在离开你之后变成了
谁脸上的朝阳
地平线由远及近
黑暗中的事物越复杂越集中
父亲挖的树苑歪靠在树坑旁
斩断的根须仍然在抽搐

慢动作

所有的慢动作都好看——
绿芽慢慢拱出泥土
花苞慢慢打开
花瓣边落边在风中旋转
涧溪之水得过且过，而蝌蚪
在尾巴脱落的瞬间
趾蹼才分出了清水与浊流
——这些慢啊，这所有的慢
都抵不上从道路尽头
缓缓驶来的那辆轮车
轮辐在朝阳里闪闪发光
当我们看清楚它的时候
它正沉浸在晚霞中
而此时你我在熙攘的街头
像所有的人一样擦身而过
我回头看过你了
但你没有看我
你回头看我的时候
我假装骄傲地消逝在了人群中
然后你上了你的轮车
我上了我的坡道

我慢慢活成了我，活成了
你再也不想见到的那一个

每家都有上山的人

父亲搬进了新居
清明那天
房前屋后涌来了很多人
都在外面站着
烧纸，焚香，放鞭，磕头
冷风吹着呼呼作响的雨披
也将燃尽的纸屑撒向了
阴云密布的天空
没有人知道我的父亲是谁
我的兄弟们也不知道
当我跪在他新居门前
我能从虚掩的门缝里看见
他生前的老样子——
他坐在半山腰的公路旁
望着一辆辆汽车从山脚下驶来
在路边停下，然后绝尘而去
尘土依旧在飞扬
没有人知道尘世的真正模样

空欢喜

左边有水杉
右边是樟木
晨光临近了
我乐在其中
我乐于靠在枕头上
怀抱另外一个枕头
想象你也是这样
扭头看着窗外的春风
一会儿蹑手蹑脚
一会儿探头探脑
如果我们都不看它
它就会使劲地
摇晃树梢直到
把一只鸟摇下天空

深 喉

有没有一只鸟记得你手指的味道

有没有这样一群雏鸟

当你爬上树梢凑近鸟巢

它们误以为你是鸟妈妈衔食归来

叽叽喳喳的叫声

鹅黄色的喙

深无止境的喉

你有没有把手指递给它们

那是一根少年的手指

被每一只雏鸟贪婪地吞咽过

我在中年以后还时常想起

那截温润的指头

充满了渴望

也探触过人世间最深的渴望

武汉在下雨

武汉在下雨
我能告诉你的是
我穿着 T 恤
感觉到了冷
我能告诉你的是这种冷
不同于上一次
上次我们还在一起
你总是先抱紧自己
然后才犹豫着
跑过来
让我抱紧你

数花瓣

蔷薇的花瓣是恒定的
如果此刻你在蔷薇身边
可以试着数一数
然后转告爱过她的人
但蔷薇的叶片却不是
我见过无数的落叶和新枝
它们循环在一只花盆周围
那种死去活来的样子
你根本无法描述
有时候我会手持剪刀
走进姹紫嫣红的春天
徘徊在不甘与不舍之间
有时候我会蹲下来想一想
什么是值得我期待的
蓓蕾抿着嘴
忍受了我的絮语
她很难想象这世上的美好
居然都大同小异

夜晚的习惯

我至今还保持着

用热水烫脚的习惯

只是木盆换成了电热桶

当我做这件事的时候

一天已近尾声了

我把双脚伸进水桶

就想起当年的那些夜晚

被母亲摁在木盆边

若是水太烫了

我就大喊大叫

小个子的母亲像犯了错似的

忙不迭地跑到水缸旁

抓起木瓢

舀一勺凉水倒进盆中

我想起她

总是仰头望着我

一边兑水一边用手搅拌

从前我总爱先洗左脚

把右脚搭在她的膝盖上

不像现在，我总是默默地

把双脚同时伸进雾中

在雾气里无声地往回走一段路

然后，又默默地同时抽出来

塔公之夜

（致阿米亥）

过了康定

要翻折多山

过新都桥

夜宿塔公

我在此起彼伏的鼾声中

钻出露天帐篷

满天星光

照着你写的金句

我一页一页翻书

闪光的地方

是寺院的金顶和

不远处的亚拉雪峰

漆黑的地方是

穿过草场的无名小河

——那么清澈却不知何去何从

那么美好的夏天

我后来向很多人推荐过

如果后面没有那么

假设一种生活
然后用想象去度过
那些蓝天啊白云啊
那些一口气翻过了山顶的花和草
我在山脚下看你
张开双臂奔跑
从青年到老年
你只在一条河里洗脚
从中游到上游
最后终于轮到了雪峰
那些裸露的巉岩啊黑砂石啊
那些白森森的踝骨胫骨和头盖骨
我在假设之外看着你
祝你此生安好

原来是这样

我见过竹林里的刺猬
在松软的竹叶上轻巧地爬行
我见我手持一根竹棍
飞奔过去
刺猬就地缩成一团
我就地蹲下
无计可施
竹梢上的鸟鸣
竹林里斑驳的日影
我见我从有趣变得无趣
像刺猬一样藏在刺猬中

停止生长的脚

我穿 41 码的鞋子
40 码找过我
42 码找不到我
我穿我妻子给我买的鞋子
好像只有她知道
什么样式适合我的脚
我穿皮鞋、运动鞋
几乎从不穿凉鞋
走在你也走过的路上
只有当我赤脚时
我走的路才是我自己的路
我不穿鞋子的时候我的脚
在回望那条路
我不穿鞋子的时候那条路上
有我深深浅浅的脚模
我的拇指总爱那样无望地上翘
当它往下抠时
我一定正陷在泥泞中
我已经很多年没有赤脚走过路了
最后一次在岩子河里洗脚
是在哪一年的隆冬？

那一年我的脚已经停止了生长
我母亲还活着
我记得她把我的鞋样夹在了
一摞废弃的高考复习资料中
此后只有指甲在生长
只有鞋子在重复着脚的形状

有一次

有一次我决定

自己动手缝一枚纽扣

打开针线盒

找到了针和线

我来到窗边找到了

线头，和针孔

我一次次调换针线的角度

以为自己不会认输

有一次我决定

不再帮妈妈穿针了

我厌倦了需要她照顾的生活

我以为我已经赢得了生活

再也用不着为一枚

掉落的纽扣发愁

有一次我衬衣上的第三颗纽扣掉了

我拿着纽扣在书桌上旋转

母亲在桌前的相框里微笑

她以为我永远不会服输

唯　愿

唯愿我的泡菜坛清亮如初

豆角、竹笋、萝卜和白菜

合乎你的胃口，唯愿

你的味觉还保持着

纯正的天经地义的味觉

红的是辣椒

黄的是姜片

白的是蒜头

你是你，我依然是我

唯愿世道风平浪静

坛沿水永不干枯

我在密封中慢慢发酵

唯愿你来的那天我正好启封

空气中弥漫着你久违的味道

逆　行

一个女孩逆行的时候往往会低着头
但一群女孩逆行时她们会逼迫你低下头去
一群女孩迎面走来像一串音符
在跳荡，身体却越过了五线谱
再宽的马路也是拥挤的
再趾高气扬的男人都不在话下
昨天下午我跟在他身后
看着他越来越稀疏的后脑勺
与逆行中的女孩们擦身而过
太阳就要落山了
我有点想哭

船桨划水的声音

我住在一座孤岛上
周围都是孤岛
鸟群只在早晚出没
我留意过鸦群起飞时
岛身有一阵晃动
捕鱼船像榛树叶
漂在水面上，其中一片
每天准时漂到我身旁
我住在这片树叶上就像
河水住在纵横交织的河道中
我听见划水的声音
每天由早晨的清亮转为
傍晚过后的清凉

关于我的睡姿

我没有见过我的睡姿
当我像虾米一样蜷曲或者
像被钉在十字架上的那个人
我能感觉到身体正在挣脱
梦中人赋予给它的形状
我总是在入睡前翻来覆去
而入睡后真会像一片云么？
我这样设计过与你同床共枕的
情景——两朵云如胶
似漆叠加在一起
雨在下面，雨一直在下
我一直保持着这种干涸的模样
像你小时候在泥塘里见过的
那条挣扎着的鲶鱼
当它放弃挣扎以后
命运就完成了对它的塑形

同类的忧伤

两个惺惺相惜的男人

各自拿着一把小铁铲

蹲在地球上

这是夏日的正午

连鸟雀和蝉都在午休

地球上仿佛只剩下了他俩

他们唉声叹气地

从这里走到那里

又折回到这里

蹲在围墙边的树篱下

他们开始挖

足足半个小时之后

才直起腰来

拎起一只黑色的塑料袋

正要离开

我迎了上去看见

袋子里装满了混凝土和碎石

三个惺惺相惜的男人

穿过滚烫大地

来到楼顶平台

一只空洞的陶盆外沿上兰草茂盛

盆里放着几株奄奄一息的菜苗

他们把袋中土倒进盆内

轮换着用铲子捣鼓

从平台尽头望过去

故乡只剩下了一个方位

三个男人和几株幼苗

站在夏日正午的楼顶上

如果此时有第四个人来到这里

如果有更多的人来到这里

围绕在这只陶盆旁

这算不算得上同类的忧伤

到树顶上找风

有时候我们需要爬到树顶上
去寻找风。有时候
我们散布在房前屋后的
柳树、槐树、皂角树和苦楝树下
抱紧树身往树上爬
有时候我们需要一边爬一边使劲
摇晃树枝，大声应和着
慢慢从树梢上探出脑袋
有时候我探出头看见
你的父亲在芝麻地里蠕动
他的母亲还在河边割猪草
有时候我看见田间里的稻草人
好像换了一件新衣服
我们从树上溜下来
踩着牛背，或牛角
牛蝇扇动的风只有牛蝇感觉到了
有时候我们就这样爬上爬下
耗尽了汗水，目的是
等雨水来重新把我们滋润

狂暴之夜

每一条河流都在模仿闪电的形状

每一道闪电都近似于黑暗中的树枝

每一根树枝都有折断之时

每一个狂风大作的夜晚

所有的门窗都想逃脱

"门"，和"窗"

它们自行开合犹如你

在我的世界随意出入

我关紧了离我最近的那扇窗

却任由天摇地晃

闪电像皮鞭在抽打

一条河埋头在我胸中奔涌

我的肋骨，我的山川

我的紧张缘于我看见了

一个人似我非我

若是我把他让进屋

就等于我把我赶出了屋

雨打荷叶

奇怪的事情发生了——
暴雨刚刚落下来
我就听见了雨打荷叶的声音
密集的
叮叮咚咚的
雨点击打着拥挤的
越来越拥挤的荷叶
奇怪的是那些荷花
就那样肆无忌惮地
露出了花蕊
雨点落在荷叶上
随即又滚落进荷塘
奇怪的是那些游荡
在荷叶下面的鱼
长相各异却千篇一律地
欢喜着
我在远离荷塘的地方
剥着早熟的莲子
奇怪的是只要我一抬头
就能看见你举着一片荷叶
在田埂尽头飞奔

巨大的声响在你身后喧哗
奇怪的是你始终高举着
最清脆的那部分

红漆木箱

在 550 艺术书店的嘉宾台上
我两次看见同一只木箱
上面搁着书籍和话筒
多么眼熟的红漆木箱
形状、大小都与我记忆中的
那口箱子一模一样
我坐在嘉宾席上使劲地
盯着它看，几乎看见了
当年的那个背箱青年
那里面装着他全部的家当
从荆门到武汉
从武汉到荆门
斑驳的油漆蹭在他的
袖口和衣领上
斑驳的青春散发着油漆味儿
我强忍着起身去打开它的欲望
强忍着，不让话筒里传出
你们听不明白的感伤

南瓜长大了

南瓜长大了就会找一个地方蹲下来
静静地孵它的瓤
我也是这样
在把田埂走穿之后就坐在半山腰上
新堆与旧坟在我身后起伏
岩子河在不远处闪光
更近的地方是一些无名的草木
热浪翻涌，虫豸也厌倦了鸣叫
没有什么真正的沧桑
只有该熟的熟了该死的死了
活在我眼中的填满了我内心的空洞

蟑螂想不明白

蟑螂想不明白为什么

它一出现人人就会喊打

蟑螂在黑暗中

自如爬行，穿梭

每当灯亮的刹那间

它都会不知所措

光明填满了黑锅

蟑螂沿着锅沿

跑了一圈又一圈

却始终找不到进入黑暗的入口

它要的黑暗远比人类能给予的

辽阔得多

戴胜是怎么鸣叫的

我在草场边看见戴胜的时候
一个正在草地上蹒跚学步的婴儿也看见了它
而后径直走向了它
我在进入衰老之年后重新获得了儿童的视角
就像戴胜信任大地一样
我信任所有明心见性的事物
它奇异的花翎对应着婴儿额前的黄色绒毛
它昂首阔步的样子吸引着他
摇摇晃晃的步伐，他张开的双臂
双手击打空气却在空中一再错过
我在草场边站定犹如高过琴房的水杉
琴声悠扬拉扯着空地上的云朵
我在一生难得一见的朝阳里
同时遇见了曾经的我，和
某种我从来不曾预料过的平和
尽管我从来没有听见过戴胜的鸣叫
尽管跌倒在地的婴儿哭过了
当他环顾无人的地球时
又咯咯咯地笑了起来

哞　哞

在汨罗
蓝蓝问我
会不会学牛叫？
她话音刚落
一头牛
就冲出了我的胸腔
一头不会叫的牛
也许它曾经叫过
也许它当年的叫声还回荡
在故乡的山坳中
但这里是汨罗
我们刚刚拜祭了杜甫
几头牛在不远处的草甸上
安详地吃草
我的牛昂着头喷着鼻息
茫然四顾
一会儿想"哞哞"
一会儿想"咩咩"
一会儿想"喔喔"
像突然找不到声带的我
在这首诗的尽头

眼巴巴地望着

绿水被青山押送着经过

梦见一首诗

有时候我会梦见一首诗

她在梦中的样子无比清晰

她握我的手像小时候

我用力捏紧铅笔头

笔芯折断了

我鼓足勇气找她借卷笔刀

我梦见一首诗在跳绳子

而我在一旁摇跳绳

绳子另一端拴在树干上

我梦见我使劲摇起地上的尘土

像牛犊发了狂，前撅后拱

我看见她闭上眼睛越跳越高

我梦见所有的事物都是发光体

我一转身它们就熄灭

有时候我也在一首诗里闪烁

梦醒之后才发现

我从来不曾带走过任何梦中之物

风吹树叶的声音

不进我屋子的风只是风声

如果没有树

它路过的时候我可能都不会察觉

现在它抱着一棵樟树摇来摇去

让两片老死不相往来的树叶

终于有机会贴在了一起

像孪生兄弟

一出生就各奔前程

我站在风的外面打量它们

我站在窗前倾听风声

我的头顶上是一台木质吊扇

整个夏天它都在转啊转

如果它停止转动了

就意味着我出门

去找我的孪生兄弟去了

完整的彩虹

完整的彩虹只在纸上出现过
我有纸，你有蜡笔
所以我们应该在一起
完整的生活将被人这样描述：
"穹顶之下，独木难支。"
完整的梦我从来没有完成过
（也许它在梦中是完整的）
我在一场秋雨后醒来
我在天边的一顶帐篷里想象
你钻出彩色帐篷的模样
阳光点燃了你浓密的发梢
天边传来一声惊呼
你安然度过了
又一个完整的夏天

油炸荷花

把新鲜的荷花一瓣

一瓣

撕下来

蘸上面粉

放进滚烫的油锅里面炸

一望无际的江汉平原

明晃晃的天空下面

采荷花的人继续采荷花

磨面粉的人继续磨面粉

油锅沸腾，你看

这些滚烫的油水

多么安静

重走一条路

每个人心中都有一条
恋爱之路，每个人
当你从婚姻尽头往回走
一条僻静的小径
晚风吹着模糊的草木
樟树已经比你高了许多
梧桐树已经不认识你但树干上
还残留着当年你刻下的记号
那是那天晚上的月亮
在她眼眶里的模样
月光洒在路面上像腾空的灰
久久不肯落下来
你在幽暗的地方停顿的时间越长
就越是觉得那片阴影在蠕动
你走在没有尽头的路上
从来没有想过此路不通
此路只为你而筑，只为你
有一天也会像我
这样走着，走着
突然发现桂花其实早就谢了
而空气中的清香
其实存在于另外一片夜空

旅途札记

我有对床的恐惧
越是宽大整洁的床
这恐惧越盛
冬天即将来临
旷野不再拥挤
我有对旅途中孤零零的
客栈的恐惧
怀着不安再看一眼
清凉的落日，和
浸泡在窗外河道里的枯枝
关上门窗
我坐在堆着四只枕头的床上
仿佛坐在地球上最荒凉的地方
这么宽大而整洁的荒凉
像这首诗一样

把手伸进别人的兜里

把手伸进别人的兜里

那是什么感觉

如果是一只空兜

正好填满你的手

把手伸进你爱的人的兜里

再也不想拔出来

那是什么感觉

再也不想像今天这样

在冷雨中

在自己的兜里

寻找你的手了

茄　子

能使人发笑的蔬菜
是不是只有茄子
无论是白茄子还是紫茄子
当你喊"茄子"，笑容
就会堆上你的脸
我母亲生前表情僵硬
在菜园里忙碌，唯有在看我
吃她亲手做的饭菜时
她的面容才是松弛的
尽管我埋着头，尽管
她不知道"茄子"的
发音这么神奇
这么多年过去了
我仍然能在每一张有我的合影中
见到她希望我成为的那种模样

手机里的菩萨

从云冈石窟出来
手机里多出了很多尊菩萨
在去往雁门关的路上
我一路翻看着他们的情貌
痛苦被放大了
欢乐被缩小
菩萨啊，这么多的砂岩之躯
任由岁月涂抹
这么多的残肢
依然在行走、抚摸和讲述
而我独爱最小的那一窟
他像我小时候
不谙世事
以为哭泣就能得到所求
以为欢笑就能满足所有

南瓜诗

把一只南瓜分成三等份
两份送人
剩下的
分三顿吃——
清炒一盘（加辣子）
清蒸一碗（加冰糖）
剩下的做成南瓜饼
我并不想吃南瓜饼
也没有做过南瓜饼
但这只南瓜
来自三百公里外的老家
这么长的藤
只结了这样一只瓜

笤帚经过大地的声音

笤帚经过大地的声音
被我在这个秋天里制造了出来
在这首诗中我看见了你屋后的竹林
你父亲用皲裂的虎口掐回一捆毛竹
他插在腰间的篾刀上有三个豁口
他胸前的扣子不知什么时候掉了两粒
他制造的这把笤帚被你带到了秋天
烧荒的烟雾从林中空地上升起
夜风在这首诗中随意吹
我制造了一种声音——它
紧贴干硬的混凝土，紧贴着
这秋天里的每一个清晨和黄昏
如果你父亲还活着
此刻他一定蜷在某个角落
用你熟悉又陌生的那双手
紧紧死锁着自己僵硬的领口

草木灰

草木在灰中的样子

火焰最清楚

我见过火焰

用吹筒和火钳为它造过型

烟囱里的烟雾停留在几十年前

几十年后我顺着烟道

重新回到了这堆灰烬边

把烤过的红薯、鸡蛋和乌龟

重新翻烤了一遍

屋后的山坡上草木连着草木

原有的小径已然消逝

原有的乡间公路已经扩展成了高速公路

我先在雨中埋葬了母亲

随后又在雪中埋葬了父亲

在蒸锅旁

把蟹腿塞进蒸锅
把牢牢抓紧锅沿的蟹腿
使劲往锅里面推
足足花了三分钟
螃蟹们才安静下来
透过玻璃盖
我又一次清晰地看见
那些在雾气中高举着的钳螯
当它们慢慢放下来
我也渐渐适应了
用不幸养育幸福

晚　景

银杏树的叶子就要落光了
从菜场里出来我手上
多了一捆红菜薹
而你还站在街边
端着你透光的茶杯
巨大的落日溶入空旷的江景
让我们不得不眯上眼睛
回味这漫长又仓促的人生
我低头看着菜花
你垂头看着被纸烟熏黄的手指头
脚边的落叶正在等风
将它们送过慌张的街道

带绿叶的金钱橘

一只金钱橘

辗转来到我手上

还带着两片叶子

我喜欢娇羞的绿叶

胜过橘子本身

我甚至能够想象

那位陌生的采橘人

站在梯子上

头顶蓝天

善解人意

夜钓记

——给我的兄弟王琳，兼致方延伟

用电筒照着黑暗的河面

被照亮的那部分像

一张透光的宣纸

游到纸面上的草鱼

打了个旋

又游到了纸的背面

在涟漪中抖动浮标

在心情平静时想一想

那些激动人心的往事

想一想我们

在上游浪花里的那些日子

水在河里几乎没有费力

为什么却让人感觉筋疲力尽

容我喝口井水

从水缸到水井的距离
从前很远，现在更遥远了
挑水的人走在记忆深处
像田埂游弋在茂盛的草丛里
我听见木瓢磕碰桶沿的声音
清冽又甜美
也能看见虫豸在黄昏
从这里飞向那里
但我已经无法指认水井的位置
方位肯定是对的
但那是月亮升起的方位
挑水的人走在月光下
换肩的时候他与月亮对视过
而另一轮明月正在天井角落的
水缸里等候他
像一只白瓷碗
反扣在没有桌面的桌子上

2018，今年的最后一首诗

我问过很多人
为什么每次大便之后
都要回头看一眼马桶
从前是在旷野上
干净的雪地冒着热气
你眯上眼睛
望一望彤红的太阳
从前我有一条名叫花旦的狗
每次拉过屎之后
也是这样迷离又恍惚
仿佛空虚的时候
更容易心满意足

第 三 辑 2019

烟花表演

回老家的山坡上找
一种叫柞木的树苑
用老家的洋镐把它刨出来
放在太阳下暴晒
如果父亲还活着
他会一如既往
在岁末的星空下等我
他会把火钳递到我手上
让我敲打燃烧的树苑：
"使劲敲，释放树心的怒火……"
果然，噼啪作响的烟花
很快就在空中飞舞起来
那是我见过的
最灿烂的夜空
当我在记忆中使劲敲打
残存的木头隐约可见
灰烬中的父亲一明一灭
明的时候山河屈指可数
灭的时候世界漆黑
我也深陷其中

亲爱的弟弟

——致叶舟

从来就不存在穿肠而过的酒肉
所以你要在酒中安放并歌唱
你的大漠、敦煌和黄河
从来都是花儿先开了
我们才会循着你的歌声去
寻找那些并不存在的花朵
云在天上，天在河里
一个人必得万分努力
才能活在另一个人的过去
从来就只有一个兰州
但每去一次，就会多出一个来
像亲爱的弟弟
身边总是多出一只酒杯
为他亲爱的祖国留着

真正的冬天

真正的冬天不是现在这样子
下了雪也不是，结了冰也不是
真正的冬天你经受过了
就再也没有机会去经历
北风在旷野上吹着尖锐的哨子
沿途叫卖形状各异的冰棍
父亲在草垛旁费劲地给牛犊穿鼻
哈出去的热气像透明的头套
罩住了他们各自退缩的神情

真正的冬天并不一定有雪
但所有的水面都结上了厚厚的冰
冰面上有大风折断的树枝
有草帽、解放鞋，还有一堆药渣
劁猪人像一坨墨汁
从河对岸上飞快地滑过来
路过菜园时，他顺手
从我母亲的菜篮里抓起
一只带绿色菜缨的红皮萝卜
他把萝卜缨扔进猪圈
他从怀里掏出锋利的劁猪刀
真正的冬天就是那样一把小刀

无名少年睾丸紧缩

只要一想到灌满裤管的风

我就不由自主地打个寒噤

会笑的人已经不多了

把别人的孩子抱在自己的怀里
先把他弄哭了然后
再把他逗笑——这不是
一件容易的事情
给他看阳光、花朵
摇响你手中的拨浪鼓
给他看你年轻时候的笑容——
这不是抹去皱纹就能够还原的生活
会笑的人已经不多了
会哭的人也是
把别人的孩子抱在自己的胸口
紧紧地
抱着哭
抱住笑
你能给自己的只剩下了这么多

拉链与纽扣

大雁像一排拉链
从清凉的天空飞过
最美的脖颈、肩胛
令人眩晕，我在想象中
见过它们。我见过
日落时分的河滩上
几只掉队的野鸭，惊呼着
重新返回空中
像遗失的几枚纽扣。我见过
你在黑夜里冰凉的手
它哆嗦着解开了
又在慌乱中系紧的
那颗暗红的水晶纽扣
在最好的年纪
它的坚定与踌躇

像样的爱情

一起看花的两个人或
两个人一起看花
并不是同一件事
譬如说杜鹃花开了
失火的山谷里并不见救火的人
两个人在火海中不知所措
你看我我看你
越看越觉得此生可惜
这样的爱谁不想要呢
这样的爱至死不见骨灰

在黑暗中写诗

最近多有失眠
身处黑暗像一个靶子
被诗句冷不丁射中
拔箭的时候发现
有的箭矢穿心而去
无影无踪，而有的
根本就没有命中靶面
在黑暗中写诗
每写一句都有如光柱射往虚空
我用过最多五节电池的电筒
我身体里的光已经透支
它们去得最远的地方
也是你最不愿意
让我看见的伤心处

跳出油锅的鱼

吃过那么多的鱼，印象最深的
却是那条没有吃进嘴里的——
它从滚烫的油锅里跳了出来
——在我目瞪口呆的瞬间
鱼鳞、腮、内脏又迅速长了回去
现在我相信它完好无损地
回到了它熟悉的水域
像什么都没有发生过一样
春天产籽，夏天浮出水面呼吸
秋天到了，它仍旧会游到鱼钩附近
在不舍得与不甘心之间打旋
命运在轮回，我对此深信不疑
我深信油锅并非万能
煎熬不过是轮回的一部分

到梦里去

直到昨晚我才发现

所谓睡眠

不过是牧羊人

在天黑之前把四散在天边的

羊群赶进栅栏

每一只羊都有

月明星稀的夜空

每一位牧羊人身边

都有一堆干牛粪

昨天晚上我发现

我仍是脱缰之马可供你消遣

到梦里去

到梦里去

我的羊群慢慢聚拢

背靠背在黑暗中

挤成一团

而你在月光下甩打响鞭

每抖一下手腕

我就往你胸前靠近一点

万古烧

我买了一口好锅
可以用一辈子的那种
陶土的，有松木盖的
只要天塌不下来
我就可以一直用它
煲汤，烧肉
但在更多的时候我宁愿
它就那样闲置着
像我一样空空如也
却不可测度

由此可见

不爱说话的人
长了一双会说话的眼睛
灵敏、清澈又清晰
可见造物主的公平
盲人站在楼道口侧耳倾听
雨打樟树或桑树叶的声音
那么干净的声音分明
只有他能够听清
流浪狗整个冬季都在流浪
还带着八只狗崽子
给它们窝棚和食物的人
有了心安的道理
我在连绵的冬雨里走走停停
春节已近尾声
春天还没开始
不爱说话的人用眼睛告诉我
腊梅花开了，都司湖的野鸭
比昨天又多出了两只
一模一样的两只
一模一样地凫水

风在竹林里干什么

种很多竹子
等它们围成一座院子
在竹林深处建一栋木屋
门前留一条路通往河边
门后留一条路通往山间
我计划退休以后去那里长住
而现在我仍然活在此处
眼前的竹子都是后来栽上的
眼前的路也非我所修
春雷就要响了
吃笋子的季节就要到了
我在竹园边避风
听见竹林里传来嘤嘤声
那一定是北风迷路了
抱着竹竿在哭
像人到中年的我一样
空怀一腔愿望却举步维艰

给哭泣的孩子一个奶嘴

给哭泣的孩子一个奶嘴
让他泣不成声
给泣不成声的人一点念想
不让他断绝最初的
也是最后的愿望
给愿望一个交代但不要说出来
给已经说出的话装上消音器
越挖越凌乱的工地上
只有尘土在不间断地飞扬
你可以悲伤地坐在土坎上
你可以涕泪横流
但不要像我这样一遍又一遍
大声重复，询问每一个路人：
"你有没有见过
这样一位母亲，她
满面泪水地走在前方
身后却没有我跟随?"

雪里蕻

我喜欢所有来历明确的事物——
来自安徽枞阳的白皮小萝卜
来自恩施、长阳或兴山的榨辣椒
岩耳来自巴东
冲菜来自远安
板栗来自罗田
白菜薹从我老家来还带着
荆门的雨水和泥土……
——我喜欢前天傍晚时分
西天云破处的那点太阳
几缕闪现在乌云周围的金光
突然让我想到了雪里蕻
不知道哪里的雪里蕻
比我小时候吃过的更好
更像雪里蕻——像放学归来
连书包都不放就直奔厨房
揭开桌罩的那个小女生

抱 树

三个男孩子合抱一棵银杏
短缺的部分由一位女孩补上
四张脸蛋仰望树梢
四双眼睛顺着树枝往上爬
密密匝匝的银杏叶为他们撒落了一地
为他们曾经有过的
手牵手的
这一日
这棵银杏树年复一年
以相似的神情守候在相同的地方
却再也不见同时出现
在树下的他们
每当落叶季到来的时候
总有人绕树三匝
希望在树后遇见想见的人

作物的秘密

白菜的邻居永远是萝卜
青椒的周围是苦瓜和豇豆
丝瓜走亲戚路上会遇到葫芦
我兄弟领着我
一会儿像地主
一会儿像奴仆
松树看见他拎了把斧头
荆条看见我拿了把镰刀

咏春调

我母亲从来没有穿过花衣服
这是不是意味着
她从来就没有快乐过？
春天来了，但是最后一个春天
我背着她从医院回家
在屋后的小路上
她曾附在我耳边幽幽地说道：
"儿啊，我死后一定不让你梦到我
免得你害怕。我很知足，我很幸福。"
十八年来，每当冬去春来
我都会想起那天下午
我背着不幸的母亲走
在开满鲜花的路上
一边走一边哭

在一起

1986 年我的父亲母亲
在黄鹤楼下留下过一张合影
没想到，这成了他俩现存的
唯一的一张合影照
母亲去世后，父亲把它翻出来
父亲去世后，我们把它翻出来
打算用在他们的合墓碑上
从去年清明节开始计划这件事
但按老家的规矩
得在三年之后才能落实
现在每次回去我都要
先去母亲的坟前劝她再耐心点
再去父亲的墓前劝他不要着急
现在每次看到这张合影
都感觉有一把看不见的尺子
在丈量着他俩生前的距离
死后的距离，以及
他们与我之间的距离
在一起的愿望从来不曾这样强烈过

交　谈

天空和大地通过雨水来交谈

说情话时下毛毛雨

吵架时用暴雨和雷电

疾风中的山与山

树与树

前者孤傲

后者点头哈腰

它们都用风声来交谈

微风拂过沧桑的脸

狂风再用力抽打一遍

多年未见的亲人

隔着越来越紧张的土壤

交谈，用最诚实的方言交谈

他低声说想她

又高声说了一遍

当他哭泣时眼泪是最好的

谈资，再紧张的土壤

也有松动之时

致 敬

一棵辣椒在活过了三百天后
就会变成辣椒树
在混乱的时序中开花结果
尽管一年到头，这树上
只结了几颗辣椒，尽管
我们只是观赏，从不采摘
这应验了我曾在诗中的预言：
"有些庄稼长着长着就会变成植物。"
一个人也可以这样活
他并不清楚为什么要活着
当他用日益昏花的眼睛打量
阳台上辣椒树旁的那株龙血树
就会回想起那些披头散发的岁月
内心温暖，而蓬松
仿佛有爱意正从脚板升起来
几乎可以填满所有的空虚

修地球的人

清晨他们出门
带上畚箕、锄头和锹
也带走了门前的大雾
当他们成群结队消逝
在屋后的山冈上
我们背上书包迎着太阳去上学
傍晚他们回家
把沉重的畚箕、锄头和锹
扔在屋檐下，一言不发
阴暗的房间安静得可怕
只有月亮明白无误地
照耀着地球上的这个
角落：我在角落削铅笔
用余光打量日复一日的生活
而山那边是一座坑
他们越挖越深
我做梦都在想
那是我们的逃生通道

何以见得

被春风吹落的树叶含有
那么多的不舍。何以见得？
被春风拉扯着踉跄
在文明路上
都司湖边
何以见得这里是欣悦的
而那里悲伤？
花圈店里同时在售
纸绢花和
避孕套
阳光照在玻璃柜台上
灯泡在阴冷的室内来回摇晃
何以见得
生与死不在同一方向

在桃林

桃花离开以后
来了一些桃子在树叶的
掩护下慢慢发育
朝阳的山坡
山脚下风吹水皱
小学的高音喇叭在做完体操后
终于放低了嗓门
我见过五颜六色的陌生人
从山下上来了就不想下去
因为这片桃林，他们幻想
过上同气连枝的生活

来访者

来访的斑鸠在窗外的

樟树上探头探脑

来访的鸽子站在窗台上

朝我的书房里面瞅

来访的风掀了掀窗帘

却不进屋

我伸出手恰好遇到了来访的手

从门外递进来的光

我握住它的时候感觉到

它正在往回抽

掰手腕

每一张台面上都有
一对掰手腕的人
每一只手腕都经历过
压迫、抵抗、放弃或反转
当我意识到台面已经撤走
悬在空中的手臂
依然青筋毕露
依然是这样——我们
拉开了拔河的架势
其实是为了
把自己送入对方的怀抱

替我回家的人

替我回家的人给我带回来
三样东西——
松香、桃胶和地衣
每一样都酷似我记忆中的模样
每一样都有来历和出处——
松香照见了黑松林里的
那座几乎平塌的孤坟
桃胶透亮，像一簇挣扎着
从桃树内部挤出来的光
我记得最可口的扁桃
长在活死人门前的堰堤上
夏夜里，他就睡在树下
楠竹凉床吱吱作响
而一场雨后，被践踏过的
青草翻山越岭来到了
我即将离开的故土
大地空蒙，蹲踞其上的
是深秋的草木
从天末吹过来的凉风
让捡地衣的母亲想到了我
她抬头望望飞奔的云朵
她低头加快了手中的动作

冰箱贴

做菜的间隙

我时常打量

形状各异的

冰箱贴

这些五颜六色的

小东西都是我

从各地搜集来的

代表着世界

大和美

此生我去过人间的一部分

还有余力去更多的地方

所以需要一口好冰箱

储存足够的食物

我需要

用动物的眼睛看待

锅里的和碗里的

再用人类的目光端详

看不穿的生活

那是亲爱的皮囊

制造出来的动静

我将成全我

在明朗的人间

做一个风尘仆仆的人

乌龟之徙

一只乌龟从雨后的柴垛里
爬出来，举着可笑的脑袋
在它到达目的地之前
没有人知道它的目的
一只乌龟缩在我的记忆深处
它一动不动的时候
我的记忆一片沉寂
晚霞收敛于一朵蘑菇上
蘑菇会在夜晚生长
乌龟也会在黑暗中爬行
那一年我并没有生活
我在生病，求生的欲望
让我在夜晚依然竖着耳朵
谛听人世的动静
一只乌龟从黑暗中爬出来
光明让它既爱又恨
它慌不择路的时候
我正走在胡乱求医的路上
那时候的天空真是蓝啊
乌龟举着脑袋
慈祥地看着
生病的我

会 合

如果没有风

玉兰树的叶子永远没有机会

与香樟树的叶子在大地上相逢

当它们在暮春的清晨

被两把笤帚归拢到一处

如果不是因为身处困境

笤帚的主人可能不会是他们

每天清晨我听见楼下传来

笤帚划过大地的刺啦声

女的从楼后，男的从楼前

他们会合的时候曾有过片刻的宁静

之后就像两个久别重逢的人

高声谈论着生活的见闻

如果落叶能听懂他俩的方言

就不会奇怪造物主的安排

两把笤帚在清扫完成之后

被归并到了蓝色的垃圾桶内

如果此时我还能入睡

一定是因为我太孤单了

已经接受了被人类抛弃的理由

虾球传

我用湖南剁椒和

茂汶大红袍花椒

爆了一盘虾球

味道好极了

唯一的遗憾是

虾球来自菜市

买虾的时候我忘了问卖虾人

这些小龙虾产自哪里

现在它们蜷着身子

像一个个问号

我越吃越想知道它们

拖泥带水的身世

樟脑丸

为什么春天的衣服
可以放到秋天穿而夏天的
衣服冬天却不能穿？
请问樟脑丸：
冬青树都落叶了为什么
窗前的香樟树还绿着？
我母亲坐在那口脱漆的
木箱上面叠衣服
叠完了衣服
就消逝在了箱子中

汽油桶

我兄弟用光了所有的汽油
我侄子守着一排空油桶
我买回五种颜色的油漆
趁着阴天刷上去
鲜艳的油漆桶满足了枯燥的生活
见过的人都认为这事可笑
只有我死去的父母觉得
这样才算是守住了生活

钨丝的战栗

从前的灯泡比现在亮多了
从前的白日里面塞满了梦境
农具挂在墙壁上
屋檐下垂着蒜瓣和高粱穗
簸箕里摊放着辣椒和豆角
从前的风也不像现在这样吹
摇摆的灯绳来回摇摆
少年走过去扯一下
少女的眼睛就发光
从前我长时间坐在黑暗中
屏住呼吸倾听电流在体内涌动
外面的脚步声到了哪儿
哪里就开始战栗

雨没有下透

牛尾在午后的田埂上来回甩动
这自我鞭策的活物
总有一天会走远
走出我的生活
但在此之前，泥泞依然
天地严丝合缝
从牛背上遛下来的人
被牛蝇惹恼了，抓起荆条
使劲抽打自己的后背和前胸
这自我鞭策的活物
总有一天会来到我的眼前
在这首郁闷的诗中与我重逢

暮色四合之地

很难再见暮色四合之地了
晚风徐徐，晚霞淡去
亲人们在鸡飞狗跳声中归来
父亲蹲在水边先擦拭农具，再将
洗净的脚塞进湿滑的鞋帮里
母亲把干透的衣服拢成一堆
扔进姐姐们的怀中
很难再见我那么肮脏的脸上
浮现出来的干净和轻盈
只有黑暗悄无声息地包围住我们
哪一个房间里的灯先亮了
就说明哪一个房间里面有人

在雨天睡觉

我能把握的幸福已经少之又少
在雨天睡觉算是一种
窗外大雨瓢泼
我已经醒来却还在等待
另外一个梦成型
哪怕再也无法入睡
只是闭上眼心平气和地
想一想：我与他们
有什么不一样？还有什么
是我行至人生中途能够把握的
云团挣脱天空
雨点收不住脚
来到大地上的事物相互混淆
我已经有过长久的浑浊
现在我想变得清澈些
就像现在这样
窗外在下雨
看样子还会下下去
这大概就是你说的幸福
我能预感某张亲切的脸
正从虚掩着的门缝里看我
却不会惊扰我

玫瑰与月季

当一个诗人无法说出
诗是什么的时候
玫瑰与月季在一旁竞相开放
当一首诗呼之欲出
诗人的鼻尖上沁出了汗珠
而他身边的女孩脸颊绯红
月季开出了玫瑰的花样
玫瑰在一旁默默承受
我爱的女人无一不热爱花朵
我爱她们趋身花丛时的尖叫
而不深究什么是月季什么是玫瑰
当我终于有了爱的自觉
诗是什么已经不重要了
重要的是我已经学会了如何
将偶然之爱混淆于必然之爱中

老人的力量

在夏日的都司湖畔

层层叠叠的树荫下

老人们三三两两围坐

有新欢，也有旧仇

但此时他们共沐着一阵风

风从湖面上来

忽冷忽热

像似有若无的琴声

被一架无形的钢琴弹奏

能动的手指轻敲膝盖

能跳的腿脚在石桌下晃动

树梢也在晃动

树荫外面的人匆匆忙忙

走在阳光里，他们

还得去报恩，或寻仇

老人们总能从路过的身影中

看到曾经的我，而现在

我已经被风吹成了人形树

我的枝丫就分散在他、她

与他们之中

断流河抒怀

每一条河流都有自己的出路
当第一滴暴雨落在荆山之巅
这雨滴就意识到了若干年后
若干年后我站在干涸的河床上
仰望喧嚣的星空，每一滴星光
都那么微弱而倔强，就像我
卑微而倔强地走在这条断流河上
身前身后都是滔滔巨浪
生前生后都有人潮汹涌

红桦树

娥嬷沟的尽头有两棵红桦树
在摆脱了其他树木的纠缠后
它们越长越像红桦树了
这两棵天荒地老的红桦树
早晚都等候在天池旁
沐浴在天荒地老的喜悦中
除了它们，没有人知道
娥嬷沟的尽头在哪里
没有人能像红桦树那样
与天荒地老为伍

奔跑的雨

回头看看那个燃成了灰烬的夏天
我们也曾被暴雨追赶
并无征兆但事先得到过乌云的警告
我们漂浮在滚烫的河面上
仰望云破处，想象有朝一日
生活也会被梦想镶上金边
就在那时，一阵旋风踮起脚尖
沿着堤坝朝榨油坊方向跑过来
掳走了我们放在河堤上的衣物
回头看看那些浪花越涌越高了
有人飞快地游到了岸边
手指黑压压的雨幕目瞪口呆
一群赤条条的少年站在岸上
巨大的雨仗即将经过岩子河
冲到最前面的雨点追上了
跑得最快的我。回头看看我吧
那被暴雨砸中的样子
像一块吱吱冒气的顽石
没有燃烧过也没有熄灭过
只有一个又一个
灼热的滚烫的念头

自行车的故事

从前有一位女孩
总爱坐在自行车的后座上
铃铛响亮
裙摆里面装满了风
从前有一辆自行车
后座上总是坐着这位女孩
其他的自行车都环绕着它
从宽阔的操场到拥挤的马路
所有的车都迷失了方向
春天来到了郊外
山坡上开满了杜鹃
所有的自行车都从城里驶出来
铃铛一路响啊，直到这位女孩
从后座上来到了前杆上
插满杜鹃花的自行车队
静静地擦过了那个暮春

屋顶上的鞋子

我见过许多鞋子
在许多古旧的屋顶上
它们像谜一样存留
在我越来越薄脆的记忆中
东一只，西一只
或大，或小
连对也无法配上
我见过从鞋帮里面探出头的瓦松
降落在瓦楞上面的纸飞机
除了小时候我上过自家的屋顶
除了在逆光中见过
屋顶上捡漏的父亲
我再也没有见过更高的屋顶
但那些鞋子里面一定有人住过

交　换

拿一枚鸡蛋去交换一枚鸭蛋

哪一个更划算？

拿一枚刚刚从自家鸡窝里捡拾的鸡蛋

去七月的岩子河边

找牧鸭女交换一枚鸭蛋

哪一个更划算？

鸡蛋小而鸭蛋大

鸡蛋少而鸭蛋多

哪一个更划算？

我站在七月的岩子河边，远远

望着溯流而上的鸭群

鸭毛漫天飞舞

牧鸭女身后拖拽着一根竹竿

我一遍一遍地摩挲着口袋里的鸡蛋

想象着搁浅在河床上的鸭蛋

许多年过去了我还记得

那位从下游来的女孩

蓬松而卷曲的头发

被阳光烫伤了的鸭蛋形的脸

家　宴

酒后才想起

昨晚是在自家吃的饭

经验之一

多请女性家宴因为

她们走后家里干净得

好像没有来过人

教训之一

先饮白酒后喝啤

昨晚我搞反了

不是繁星宴请了夜空

而是夜空宴请了繁星

又见地平线

梦见脚踏车的链子
掉在了追赶你的路上
它早不掉晚不掉
在我刚刚要追上你的时候
掉了。空转的轮轴
发出世上最难过的
声音，这声音
完全不附带任何感情
仿佛你渐渐远去的背影
被地平线上的风拉扯着
贴着灰尘在飞舞

湖边的风

一生中我吹过三种风——

河风、江风和湖风——它们

依次经过了童年的我

青年的我和现在的我

如今我在都司湖畔生活

傍晚去长江南岸散步

偶尔回老家看看岩子河

河风轻柔

江风强劲

湖风细若游丝

我长时间坐在湖边接受

这些丝状物的缠绕，我知道

在你们眼中这种被称为惬意的生活

实际上已经不是生活

沉浸在湖心里的云朵

甚至已经不属于天空

我在垂柳与水杉之间喝茶

我在睡莲和水藻留出的空隙中

看野鸭在湖面上钻进钻出

曾经想象过的风轻云淡

曾经向往过的波澜不惊

都被一一验证，变成了
我起身，皱眉，哭笑不得的
惊诧与满足

芡实与菱角

巨大的木盆漂浮
在更为巨大的水面上
年幼的我坐在水盆中央
这是我第一次离开陆地
前往芡实和菱角的家乡
浓烈的阳光照耀着平静的水面
我在明晃晃的年纪里就有了
湿漉漉的记忆，这记忆
通往芡实和菱角的家乡
大人们关心水下有什么
而我只对水面上的事物感兴趣
用力划动的木盆左摇右晃
我要去我从没去过的地方
我要采摘那些水中的果实
把它们运回陆地
把它们的家乡运回我的家乡

尺　度

我父亲喜欢用手指拃量树木
一拃，一拃，像尺蠖
家具、衣服、身高和田畴……
拃过之后他会感觉这双手还有用
他迷信自己的手如同木匠
迷信那一截蘸了墨汁的绳索
弹在木板上的声音是有形状的
我兄弟买了一段软皮尺供我母亲
剪裁衣服用，每到腊月时
缝纫机半夜还在响，可我
整个童年都没有穿过几件新衣服
我兄弟有一支木制大三角板
涂了黄漆，刻度是黑色的
他在摊开的报纸上画几何图
但他从来不相信人能垂直于大地上
后来他当了父亲，他儿子
也不相信这么大的三角板有什么用
他买了一把钢卷尺闪闪发亮
他丈量过自己的庭院，和前途
但很快就缩了回去
而我几乎是双手空空地来到了

没有他们存在过的地方
没有土地、树木，没有庭院
我活在被别人丈量过的生活中
常常随手拿起身边的各种尺子
体味着尺有所长之苦
如果我的父亲现在还活着
他一定能丈量出我们之间的距离
在他手指成灰之前也许他已经
在心里丈量过了，不然的话
为什么总有人在耳边提醒我：
"不要相信你无法抚摸的生活。"

我的梦

我发现我的梦
总在同一座房子里面发生
那是我年幼时生活过的地方
父母健在，姊妹参差不齐
我在这座房子里梦见过
许多从来没有到过这里的人
我和你一起把钓回来的鱼
开肠剖肚，我和你一起
围着灶膛，把生米煮熟
把不可能发生的事一一经历
而这究竟是怎么回事
我发现我的梦一旦回到这里
就顺理成章了，无人打搅
仿佛记忆里最遥远的那部分
在苏醒。老房子依然明亮
午后的阳光照着土黄的墙壁
我靠在微微发烫的墙面上
天空蔚蓝，仔细看
星光遥远犹如胃中的米粒

清晨的鱼汤

请过来喝一碗鱼汤

它由各种鱼混合在一起

通宵熬成，浓稠，鲜美

带有晨雾的甜腥味

请过来帮我

把灶膛里的余烬弄熄

用你那双从来不曾触碰过

柴火的手触碰一下

从灰烬中浮现出来的亲人

幸存者的每一天都该受到祝福

谁先醒来谁就是领受者

活着是一桩见者有份的事业

死亡也是，既然如此

请你慢慢凑近这口祖传的大锅

我已经将盛满鱼汤的碗搁置

在每一条必由之路上

路过的人请端起它

放心喝下

晨雾在散去

好日子如鲠在喉

请把空碗倒扣

在我经过的每一条路旁

后视镜

长途班车的后视镜中

越来越小的黑影

由刍狗变成了蝼蚁

命运的盘山路像毛线来回绕

眼看着就要到达山顶了

从窗口探出头去

镜子里面还有一个人

长发被风卷到了窗外

此时她正朝山脚下眺望

那里曾经有过一座村庄

班车经过时尘土飞扬

班车经过后它消逝在了尘土中

我习惯于倚靠窗沿漠然地看着

几十年前的那一幕

——我的母亲高举双臂

在尘埃中挥舞

最后又无可奈何放下

垂头丧气扑打着衣襟

信　条

1

烧鸡要在绿皮火车上吃

才能唤醒相应的味觉

或者在瑟瑟秋风中

抱紧一坛老酒

躲进桥洞下面独酌

机帆船开过来了

水手要到船头迎风而尿

然后打个寒噤猫回船舱

小方桌上放着一只搪瓷碗

碗里装着辣子花生米

他要用搪瓷杯喝酒

醉意中不停地用手指抠

那几个红字："为人民服务"

越来越亮的月亮

要从背后照耀

江面和煤堆

八百里的路上只有我俩

我上溯的时候

你不要动

2

结了冰的脸盆比没结之前沉
你设法将它从记忆中端起来
当我哆嗦着回想
昨晚那盆洗脸水
结了冰的衣服正在铁丝上
冒热气，缓缓位移
太阳照过来了
生活没有改变但生命的
形态发生了变化
僵直的树干指向永恒的天空
弯曲的枝条在河边摇曳
我时而僵直时而弯曲
从冰面上过了河
此后再没有涉水而归

3

草药在熬过三遍以后
就会淡而无味
我在寡淡的年纪里生过一场大病
我是吃过苦头的人

记忆深处总有一只药罐

歪靠在火笼边

熬药的人是母亲

倒药渣的人是父亲

他们轮流在我身边走来走去

那是此生最寒冷的冬日

雪落在雪上

化成了雪泥

又被雪覆盖

半夜我起来小解

被竹林边的那堆药渣吸引

月亮在上

我有一腔苦水

准备留到晚年去吐

4

一头猪在很小的时候就被指定为年猪

它将得到额外的照顾

现在一年到了头

主人要杀它

那天的太阳真是好啊

猪在圈中眯眼瞅着墙缝

主人在不远处造灶埋锅

一架喷气式飞机划过长空

一架纸飞机越过杀猪佬
落在了放满刀具的案板上
我拿起刀又放下刀
我想走得远远的，又想
和他们一起参与
这敞亮的乡村生活

5

每一种作物都是自私的
你看那棵柳树
被各种藤蔓攀附拉扯
结满了南瓜、葫芦、丝瓜和蛾眉豆
你看我从母亲胸前
爬到父亲的肩头
去了我能看见的所有地方
又去了他们看不见的地方

无　题

有些梦只能停留在梦中
既无兑现的可能
也无变成现实的必要
譬如你对我的好
止于我知道你是为了我好
反之亦然
反之这些梦
一如乱石堆满床头
你在乱坟岗上见过的星光
其实是它们的磷火

在景迈山深处仰望星空

连续三个晚上我们头顶繁星

活在景迈山深处

漆黑的夜色助长了星空的浩大

仿佛大地上的事物越是渺小

我们越是能够明了宇宙的结构

造物主有自己的建筑学

每一颗星星都像图钉

把它的意图钉在我们的头顶

任由我们指认

金星在缅甸闪烁

白矮星今夜在越南——

从我笔立的食指往上看

童年时给我启蒙的北斗似乎迷了路

银河两岸浪花四溅

星空越是喧哗我们越是沉默

在黑暗中保持住婴儿的动作

2019，今年的最后一首诗

清理鞋柜的时候发现

大多数鞋子已经不合脚了

你甚至记不起什么时候穿过它

更想不起曾穿它去过哪里

道路迷失在鞋底

鞋帮已经扭曲

有的甚至左右难分

你把它们逐一拿出来

摆放在门口仿佛看见

家里涌进来了一群人

而此时屋子里异常安静

你赤脚走动时

能听见心脏的扑腾声

第四辑 2020

无　题

喝绿茶还是红茶
一大早就纠结于
青山绿水或
残阳如血
都是美，都是
人所不能面对

菩　提

菩提树的叶子有点像
我活过了半个世纪后还能忆起的
那一张张人脸
每一张都似曾相识
菩提树的根会先往大地深处扎
然后再从黑暗中浮出来
像一些云絮盘踞，裸露
在树荫下。当我站在树下
树梢轻晃，斑驳的阳光洒满了
我蓬松的全身。而此时
方圆百里云淡风轻
百里之内的菩提树都有着
几乎完全一样的神情
如果你也像我一样
并不急于转世
就在树下多待一会儿
就会听见一颗果实坠地的声音
那么忧伤，那么悦耳

孤独的房子

建一座孤独的房子
在人迹罕至的半山腰上
你问它有多孤独
它用鸟鸣声来回应你
栽一棵冬青树在屋内的
庭院里，慢慢长
树冠永远不要高过屋顶
山外的人来到山脚下
习惯性地抬头寻找山顶
山顶上的人一天两次张开双臂
朝阳点亮的脸与夕光
擦洗过的并无二致
白墙，布瓦，石板路
干净得好像没有住过人
好像梦中的你才是你

云　妆

用来装云的山谷我所见不多
这次在景迈每天穿行在云雾中
我向布朗人打听云的出处
又向傣族人打听云的归宿
这些活在云雾之上的人
也是死在云雾之中的人
岩保的房顶上挂了牛头
玉退的房顶上插着茶树
我们云里雾里，看什么
都像是在看我们的前世

无　题

在黑暗中穿衣服

把前胸当成了后背

窸窸窣窣

脱了又穿

穿了又脱

在黑暗中看见你

小时候猴急的样子

伙伴们在窗外催促

脚步声消逝

在了浓雾中

你也一头扎了进去

直到来到太阳跟前

才发现穿反了的鞋子

已经顺应了紧张的脚后跟

今日立春

阳光多好啊

这巨大的浪费

羞辱一般

还在持续

我站在窗边反复眺望

空旷的院落

无力的街市

连鸟鸣声也有气无力

客厅里的拖鞋

东一只西一只

它们走投无路的样子

真让人心灰意冷

光的声音

寂静中最嘹亮的声音
是光的声音
光照着寂静中的事物
又被它们反弹回来
阳台上，剑兰开花了
仙客来一片彤红
我置身其中时常感觉
呼救的声音震耳欲聋

外面的诗

都司湖的野鸭从来不曾这样
从容地凫过水
一家五口在湖面上来来回回
在水中进进出出，反复
重复着那些相亲相爱的动作
上午的阳光拉长了人民医院住院部
下午的阳光拉长了音乐学院这边的水杉树
都司湖的野鸭从上午游到下午
第一次游完了它们自己的都司湖

无　题

凌晨醒来侧耳倾听

世界的静

夜晚的与白天的

何其相似

像一枚镍币

沉浸在冰凉的水中

正反两面纹路模糊

唯有最穷苦的人

才会把手探向许愿池底

嘴巴里的苦

长时间不说话的人嘴巴里有一种苦
长时间不说话，这苦
就变成了结果，像苦胆
包含着黑暗在黑暗中颤抖
阳光一遍遍洗刷着楼房的外墙
阳台上趋光的酒瓶兰抵住了窗户
花盆里小叶榕的根茎不动声色
在使劲抓挠，不说话的
草木不会说话了，也不叫苦
我曾在半夜清理喉咙
呼唤一个说不了话的人
巨大的回声撞击着我的胸腔
苦水腾涌，苦海无边
但我否认这是人生的全部

借来的诗

借你的眼睛看一看
珞珈山上的樱花
白天的与夜晚的
有何不同又何其相似
借你的单车去东湖转一转
那里也有樱花开在樱园
去年的今日与今年的今日
阴阳相隔又大路朝天
借你的笔记下我说过的：
"这不是生活，这是请命。"
借你大病初愈的容颜描述
春光初现，又有一片新芽
挣脱树皮加入到了树林
借一首无声的歌
含着眼泪唱
在这个春雨绵绵的黄昏
听见的人有福了
听不见了的人你要告诉他
不幸是怎么一回事
幸福究竟在哪里

耳朵能看见

布谷回应布谷的叫声仿佛
布谷的回音，在楼宇之间
弹来跳去。树叶挨着树叶
风让它们一会儿疏远一会儿紧密
阳光在户外缓缓位移
每动弹一毫米就有倾斜发生
我在悲伤中扶稳自己
春天已经来到了窗前
耳朵能听见的都是我能看见的
包括你在远方张望远方
你在黑暗中撮起嘴唇
先学习亲吻，再练习
面对涂黑的墙壁吹响哨音

没有结尾的梦

是不是所有的梦都不会有结尾
哪怕你梦见了死？
昨天晚上我就死在了
自己的梦中，真实而具体
如同顺理成章的生活
在需要与舍弃之间定型
今天我一直在想这个梦
试图像一个死里逃生的人那样
去理解上帝的意图
他曾教会了我在临终之际
用手去抚摸身边的你
也曾让我把手伸向够不到的你们
门在身后砰然关闭
树叶在窗外落下一部分
又长出了一些新鲜的叶子
簌簌的窸窣声是它们的合体

给羊羔拍照

你那么小的样子让人想到了无
要是无多好啊，就不会有
往后的辛劳和无辜了
你那么雪白的颜色让人想到了有
要是有多好啊，就不会担心
来到这世上的初衷了
从寻找妈妈起步
到妈妈先走一步
你那么柔弱的样子让人想到了眼泪
调皮的时候想流下来
温顺的时候也想流下来
你那么心甘情愿的样子
多像一根青草沾在嘴角
你甩也甩不掉
你还没有学会吃它
还没有见识过人世间的辜负

无　题

鸟鸣声越来越早了
说明这个难过的春天
即将结束
另一种可能是
我比这些鸟更难过
整个春天都没有熟睡
整个春天我都和它们
挤在一只笼子中
我若是黄芪
它们便是金银花、桑叶或苍术
在文火里煎熬

汉阳门的春天

我在走投无路的时候

常常会来到汉阳门

通常那里会有很多人

聚在桥下看江景

大江东去的声音在心中回旋

很少有人听见

我也像游人一般

凭栏眺望

春天又来了

少女把下巴搁在亲爱的肩膀上

她多想就这样

一言不发

一辈子

梅花落完之后

白玉兰又开了

火车穿过我们的头顶

江水绵绵不绝

仿佛是上辈子的事情

以阳光为例

什么时候
比喻让人难为情了
以阳光为例
灿烂是什么
明媚是何意
噢　那一团
遥远的篝火
在宇宙升起
看过朝霞的人
不屑于见落日
什么时候
我活成了一个
没有喻体的人
在朝霞与落日之间
摇来摆去
光打在身上
稀释了我反抗的勇气

论 雨

雨在空中是没有声音的
我们听见的
都是大地上的事物
对雨的反应
及时，精确，七嘴八舌
雨落在树叶上
树叶打了个激灵
雨落在凉棚上
凉棚发出脆响
我听见过的最奇异的雨声
是雨落在雨上的声音
同样的命运反复叠加起来
汇成了命运的必然
有时候雨行至中途
会有风加入进来
原本要落在蔷薇花上的
结果落在了桑树上
这么多的大叶子树
和小叶子树
都在雨中跳荡
有人看见了悲伤

有人看见了欢喜

但没有人能看懂天意

一棵椿树

一棵椿树

为了证明自己

还是活物

它会在早春

使劲挤出体内

星星点点的绿

清晨的细雨落在光滑的树干上

很快就会被阳光没收

到了晚上，风一吹

这些叶芽就会忍不住颤抖

欢欣的气味在空气中盘旋

一棵椿树为了证明

生活并没有亏待它

它会鼓足勇气出现

在我们的房前屋后

光秃秃地见证着

我们美味的生活

风吹过它身边另外一些树

那些树叶在喧哗

唯有椿树沉默着

它甚至忘记了自己也是树

无　题

一锅丝瓜蛋汤

喝到最后一口

用大勺子把锅刮一遍

用小勺子刮大勺子

先刮正面

再刮背面

最后用小勺子

最后一遍逡巡

这口亲爱的锅

亲爱的婆婆

您聚精会神的样子

让我心惊肉跳

这不是真的

被鸟叫出名字的人不相信
这是真的，因为他不知道
那是什么鸟；被鸟从人群中
叫到树下，他也不知道
那是一棵什么树
被鸟一遍遍叫唤着
他在树下仰起头
循声望去，能看见
少量的天空，大部分天空
闪烁在树冠背后，大部分人
路过树下问他在干什么
少量的人会停下来默默地
帮他一起去树上找鸟
鸟不叫的时候，大部分
天空都像不存在的你一样
被我在心中呼唤着

古老的雨滴

午后我们继续母亲的葬礼

抬上棺木故意绕了很远一段路

终于来到了她的墓室

门前的橘树都还绿着

屋后的新笋正在破土

这是她生前选定的地方

人们在议论，故作欢欣

突然间就下雨了

一滴雨落在我身边的棺材板上

一滴雨落在了撒过石灰的墓坑

密集的雨滴声不分轻重

塞满了那个下午

多年以后我还能看见

躺在地下的母亲

与睡在床上听雨声的母亲

几乎有着一样的表情

葬土豆

是不是应该有个仪式

用来把生与死分开

又能让它们合为一体

葬土豆的时候我在想

这颗发芽的土豆

多么像我再也没有见过的母亲

我脑海里浮现出那个下午的葬礼

以及葬礼过后她漂过来

时隐时现的神情

现在阳光正好

坑道不深不浅

唯一的问题是这堆土

并非来自土豆的故乡

愿它如我所愿

来生还是土豆

至少还保留着

我们在人间的情谊

无　题

为什么每次出门
我总会遇到郑全福
哪怕几天下一次楼
我还是会在路上碰见他
郑全福，你到底
在这个世界上干什么
今天走在我前面的你
还是不是昨天
落在我身后的
那一个

下一位

一个头也不抬的人
坐在长长的走道入口
木讷地重复着："下一位。"
走道外面，长长的人列
在光天化日里蠕动
昨晚下过雨了
草木表情生动

排队的人似乎也适应了
逆来顺受，沉默着位移
我在梦中讪笑过几次
为了插队，提前去看
那些进入了走道里面的人
奇怪的是，他们进去后
就再也不见一个人出来

长长的走道究竟通向哪里
我在梦中大声质问
那个头也不抬的人
"下一位"，他木讷地说道
人列并不见缩短
蠕动持续到了梦境之外

爱的教育

用粉笔将一群蚂蚁圈起来
看它们胡乱奔豸的样子
过去的那个下午到现在还没有
缓过神来，蚂蚁还没有爬出去
黄昏时分卖鸭苗的人出现了
藤筐里还剩一只小鸭
我被它孤单的叫声所吸引
竹林边有一群雏鸡东倒西歪
紧随在母鸡的身后
公鸡在柴垛上打鸣
直到现在我还有兴趣蹲
在夕光里看：一群蝌蚪
用力地挤着水；一群蚕
趴在桑叶上像死了一般
现在回想起来，我好像
从来没有数清过它们
我从来没有把伸进鸟巢的手
抽出来，尽管里面已经没有鸟了
你见过的那个少年
也即将把爱消耗殆尽

我打电话的地方

你在电影中抓着话筒和机身

在房间里走来走去的样子

真是迷人

电话线那么长

容你在卧室客厅餐厅和

卫生间之间来回穿梭

容你又哭又笑

亲昵的时候把电话线朝怀里拽

愤怒的时候把电话机砸向墙壁

我曾想象过你在生活中的表情

并试图模仿过那种恣意的生活

但我打电话的地方已经没有电话绳了

我也在房间里走来走去

信号弱的时候我在找那根看不见的绳子

信号强的时候我被那根绳子捆绑着

没有人见过我

真实的悲伤和喜悦

我打电话的地方正好背对着你

抬头就能看见那些美好的过去

正午的暮年

衰老是一种传染病
即便在春日酽酽的正午
致命的晚景也会不时晃动
它佝偻的身躯，提醒我们
哪里也去不了的人
至少还有晚年在等候他
和老人在一起生活久了
身体就会碎裂成一个个器官
到处都是缝隙，以至于
你疑心一个人的身体内部
居然暗藏了那么多的乐器
那么多不可能发出的声音
在独奏，变奏，合奏
仿佛一间神秘的乐器陈列室
被人长久地忽视了
我时常坐在犯困的地方
满怀敬畏地打量着他们
一边反抗着沉沉睡意
一边在被睡意击倒前觑眼察看
我起伏逶迤的肉身
我的家乡在湖北荆门

荆山是大洪山的余脉

大洪山源自秦岭

秦岭源自神，但神思恍惚

我已经去过了你的梦境

地球上的宅基地①

我的侄子整天开着他的大卡车
把地球上的物质运来运去
通常是些石头、煤块或沙子
这里的坑刚刚填平了，那里
又会出现一座更大的坑
因此我几年才能见到他一次
时光在飞驰，他的车
越换越大了，但车厢再长
车头里面只坐了他一个人
通常他半夜回家，把车停
在院子门前，不用按喇叭
两条狗就从角落里跑出来迎接他
漆黑的夜空，漫天的繁星
他钻出驾驶室仿佛从空中
跳上大地，开始有些不适应
但随即就明白了家的意味
卡车在夜里熄火之后变得特别黑
高大的车轮散发着橡胶味
我的侄子在黑暗中掏出烟

---

① 引自陈小三诗《父亲》。

总是他父亲先于他点燃打火机
两颗烟头凑近又疏远
我在遥远的城市之夜也能看见
这一幕：两颗烟头在夜色中
凑近了，又疏远
没有什么比它们更明亮
更能让我看清那块宅基地
在此生的尽头一闪又一闪

这样的睡眠

我们同时躺下但总是
你先入睡了我才能睡着
我们都做梦但从来没有
在一个梦中同进同出
有时候我从睡眠中醒来
侧身看着熟睡的你
伸手触抚你的脸你身体的轮廓
直到感觉不好意思才松开手
有时候我拼命从梦中往后退
退回到现实生活中
闪电越来越亮
春雷越来越响
一条腿搭在另一条腿上
你意识到这并非孤独所致
只是一个人独处时的习惯动作

无　题

给每一只鸟取上一个名字
像它们的叫声一样
朗朗上口，如此简单的事情
几乎耗尽了我全部的心智
凌晨五点，我从盥洗间
来到书房窗前的沙发床上
重新躺下，想象自己
是一位初来乍到的代课老师
手拿花名册，即将
第一次走进教室
站在门外深呼吸
门里面吵声一片
我听见它们的欢呼声
也像它们的哀求

取　悦

取悦一面镜子
其实是为了取悦于镜中人
这么说也许并不公平因为
镜子里面闪现出来的面容
并非她一个，一张又一张
面孔交叠在一起，而她的
面貌越清晰，困扰就越多
"如何看待这样的结果？"
她自问，却需要他来回答
他在替她擦镜子
玻璃里面有水银
水银里面是令人心悸的辽阔
天气好的时候大地上应有尽有
就像她躺在他怀里时
万事万物都有了尽头

无　题

晚归的路上总能看见
一颗星星在同一个位置
同样一条路我走了很多年
仍然歧途难免，那多半是在酒后
我被路边的阴影或亮光所吸附
但更大的引力仍旧来自
那颗一动不动的星星
微弱而幽深的光
什么也不用照耀
它只确保我生活在误区
却不被更大的错误带走

读一封旧信

有时候我看不到生命的意义
世间的好被人为地夸大了
而夸赞者大都是我信赖的人
亲爱的朋友，给你写这封信的时候
我正在一个叫庙岗岭的地方
群山漆黑，唯有采石场是白森森的
我长时间眺望大地的轮廓
倾听黑暗中淙淙的流水声
它们不是在赶路而是得过且过
朋友啊，这大山深处有一块
苦闷的石头，这大山深处
居然还有一堆这样的石头
可以做我今生的良师益友

春　望

一块地生来就种稻子
时间久了它会骄傲的
这是一块风水宝地呀
稻穗飘香的时候更是
一副丰收在望的样子
可我喜欢犁耙水响的季节
平整安详的田畴像
一面正在等候照人的镜子
天空倒泼在水中，奔走的
云层带来了各种幻影
干完了活的牛在田埂上啃草
干不完活的父亲赤着脚
从这道田埂走上那条田埂
绿油油的秧苗拥挤着绿
是时候让它们疏远些了
这是一块风水宝地呀
燕子嘴角衔泥飞来飞去
去年的旧巢需要加固
我看见五岁的我
拿着一坨泥巴站在台阶上
头顶上飘过飞絮和绒毛

你共我

——给艾先

海阔天空的年代

大街上和小巷里的内容差不多

农村把城市包围了

城市正在昼夜反扑

没有对错，海阔天空

如同诗中所写歌中所唱

风尘仆仆的人讨完生活后

一定要去街边摊上坐一坐

后半夜的月光照着粮道街上

不肯服输的群众

后半夜的梦覆盖了

前半生的梦

捉光的人

能被人捉住的光亮
唯有萤火，其余的
要么放任要么熄灭
我想起去年夏天在蔡甸
朋友们在灯光下读完诗
然后返回各自的夜空
巨大的黑暗是我们共同的归宿
我想起我的朋友魏天无
那天晚上他需要萤火虫
于是就真的飞过来一只
萤火虫。那是去年夏天
几乎就是去年的今天
我的手在黑暗中游走
差点就捉住了你的手

竹梢轻晃的午后

一根竹子高过屋顶之后
就会晃动，无论风大风小
一座竹园密密麻麻
从外面看像一张网
而置身其中又别有洞天
小时候我在铺满竹叶的竹林里
度过了许多个上午或下午
那是世上最安静的地方
风侧身走过一道道窄门
我也蹑手蹑脚穿行在我的天堂
每当竹梢在头顶上轻晃
就有一只鸟俯身看我
但我从来不曾看清它们的面容
太多的竹叶都有小鸟的惊惶
太多的鸟不愿惊动我
打消我去天上生活的念头

顶 牛

牛犊喜欢用犄角顶撞
身边的一切事物
从母牛的腹部到路边
正在抽条的柳树，直到
有一天它一头撞上了一堆青草
而我正是那位抱草少年
我的犄角生来就被磨平了
但并不妨碍我与它对冲
那年我六岁，本该上学的
年纪却因病辍学
绿水青山眼见我
越长越不像我了
直到牛犊瞪圆了双眼
我才有机会看清
我为什么不愿意成为
你们眼中的那个我

缸中莲

如果不是那株莲

我不会留意到

墙角边的那口缸

如果没有那口安静的水缸

我就不会留心那天晚上

头顶有更安静的月亮

现在好了——

莲在缸中

月在水下

我在蒙昧的夜里

撑着暗黑的身体

如果不是你轻轻唤我

人间就少了一种活物

夏日池塘

将下未下的雨早晚都会落下
若有若无的风最后选择了无
无中生有的路走到尽头
就能看见那口池塘了
如今它像一只泥碗
蜷缩在草木深处
这是夏日最后的归宿吧
少年在混沌的记忆里
扑打水面，他刚刚用狗刨式
独自游过了一个完整的夏天
幻肢在身后击打水花
他在水下的动作从来没有人教过
后来也没有用这个动作
在陆地上行走

我的烛光

停电的晚上
我点一支蜡烛
读杜甫。读到他在夔门
替人家看护橘园时
从窗外进来一阵风
差点吹灭了烛火
赶紧用手护住继续
读。读到他在潭州
前往岳阳的那条船上
一阵更大的风扑过来
烛火再也没有护住，灭了
我也索性睡去
第二天醒来发现枯黑的
烛芯像一个枯槁的人
仆倒在烛泪里
多年以后我时常想起
那个奇异的夜晚
某种奇妙的事情
已经发生在了我的身上

雨夜寄人

江水又涨了
傍晚时分上游漂过来
一团黑乎乎的东西
我在大桥上追着它看直到
我也变成了一团黑影
你信不信它并不清楚
大海在哪里，却有着
百川归海的意志
半夜又下起了雨
这一锅沸水空煮着
沸腾的声音
我不想睡却不得不睡
于是假装成一个熟睡的人
这么凉爽的夏夜你信不信
雨能控制自己的轻重缓急
而我却不能控制自己的身体
不能不去想越来越宽阔的
江面上漂浮着
越来越无法把控的我们

我陪江水再走一程

1998 年夏天
江水溜进了我们院子
好多天滞留不去
洪水退后我们来到江边
目送远去的夏天
此后长江给我的印象
就只剩下了一个浑浊的背影
22 年过去了，这背影
时隐时现，就像我去世的父亲
时不时在梦中提醒我怎样做人
每当我以为看清了他的面容
他都会消逝得无影无踪
昨天傍晚我又陪江水走了一程
下了多日的暴雨终于有了短暂的间歇
我有一种感觉：我们都很累了
江水绵绵，一浪盖过一浪
除非我瞬间能赶到大海上去
否则我只能活在长江的背影里

松 绑

绑在梭子蟹身上的绳索

足足有一米来长

打开时才发现

是一根黄色的布条

从两螯之间穿过

在八只蟹腿之间

缠来绕去

将蟹身紧紧捆住

我在水龙头下面

给它松绑

蟹眼在转动

滴溜溜的

我看见

布条上印着奇怪的字符

仔细读：

"唵嘛呢呗咪哄……"

月亮是猛然看见的

月亮是猛然看见的
你一抬头就愣在了原处
像小时候
你坐在偌大的稻场上
埋头玩弄手指头
突然发现指甲壳在闪光
直到现在你还不明白
手指头有什么好玩的
而月亮那么好看
你又不是没有见过
那么好看的东西
你能用她干什么

说好了要下的雨呢

说好了要下的雨
并没有下下来
一阵狂风过后
但见消逝的夕光
像探照灯一样
刺入翻滚的云层
雷神低吼
血溅长空
天上的事反应到人间
变成了一道道金光和彩虹
说好了要下在这里的雨
大概下在了别处
我去江边散步
碰见你也在江边散步
"说好了要下的雨呢?"
我们相顾而笑
仿佛约会的人
遇见了惊喜却
错过了幸福

画在黑板上的河流

画在黑板上的河流

在黑板上

随心所欲地流动

白色的河道

像蚯蚓一样

像树枝一样

像闪电一样

像绳索捆缚着

我们贫乏的想象

那是 1975 年秋天

我每天上学都要蹦跳着

跨过摆放在岩子河上的

那排白色的石头

河水越流越少了啊

河面却越来越宽

又一个早晨

亲近是必须的
但也是困难的
越是亲近的人
越是难以成为亲爱的
我们有亲密的关系
却丧失了亲切的话语
又一个早晨
如期而至
画眉叫出了你的名字
多好啊，应该是
和风徐徐的样子
应该是
我泡一杯苦丁
来到餐桌边坐下
看你手撕油条或面包圈
再抿一口牛奶咖啡
应该是我喂你
多好啊，应该是
死去活来的样子
还有很多年
要含着泪水回顾
已经擦去的泪痕

甘 蓝

分三顿吃完

一颗甘蓝

想一想

它可能是

我此生吃过的

最单调的蔬菜

前天凉拌

昨天凉拌

今天还是凉拌

这么艳丽的蔬菜

这么单调的生活

想起来有点不可思议

夏天就要结束了

这可能是此生

最单调的夏天

甘蓝的水渍在碗底

染红了碗

大　鱼

老方带着小方

来水库钓鱼

我正在水库里游泳

一朵 1976 年的白云

嵌在远处浑圆的山头

山是青山

水是绿水

老方穿了件灰色的的确良短袖

小方穿了件海魂衫

坐在离我很远的堤坝上

安静地挥舞鱼竿

为了吸引他们的注意

我使劲打水

王郎沟水库的水里都是我的气味

王郎沟水库的鱼像传说那样大

没有人见过也没有人认识

崖柏龟

君昶用很少的木头
为我雕了一只小龟
没事的时候我总是
用左手使劲地握着它
四年了，这只小龟
已经从崖柏转世
如果你去过神农架
如果你在神农溪边
见到这样一只小龟
请相信我所言不虚：
"每一种生活都是
险象环生的奇迹。"

小　痣

小痣，你真是有趣

如果没有你

她就没有鼻子

我就感觉不到她

有呼吸

一进一出之间

一生一死之念

你盘活了一张脸

遥远的可爱的人儿

居然是你吸引了

我的注意力

小痣，可以忽略不计的爱

上有距离我 230 亿光年的星辰

下有马里亚纳海沟的狮子鱼

你在其间

成全了我们

如何把紧攥的拳头掰开

人生中第一次使出
吃奶的力气
应该是在那天下午
我面对一只紧攥的拳头
试图将它掰开
我用双手拽住了
那个人的大拇指
我以为掰倒了它
他就会松手
可我用尽了力气
也只能挂在那根指头上
他的拳头依然紧攥着
我又去吃奶补充力气
我又去寻找另外一只紧攥的拳头
直到有一天我也有了
一只紧攥的拳头
我时常紧握着它
重温我在母亲怀抱里的动作
我曾经那样用力活过
紧攥的拳头里
究竟包含了什么

外婆的路

去漳河拍纪录片
望着浩渺的水波想起了
我的外婆，却想不起她的容貌了
她走过的路已经长满了新鲜的草木
她翻过的山有的已经被彻底夷平
想当年，十来里的路她要分成很多段
才能悠悠走完，她在路上走的时候
像别人的外婆在走
只有当她走到我身前时
我才能认出她是我的外婆

漫长的邀约

读古书可以减缓时光的流速
但有时候又觉得恰恰相反
整个下午我的目光徘徊
在几行汉字之间像某个下午
我散步在平原深处的杉树林里
窗外在下雨，这该是第五场秋雨了
想起初夏的时候我曾约你
去神农架生活，那里有你
从未见过的蘑菇，那里有
爱慕你的金丝猴。一想到
古人曾经那样而我们天各一方
雨就越下越大越来越急迫了
雨点追着雨点落在字里行间
我必须把书反扣在台灯下
才能重新回到现实生活中
这里没有你，没有哪一种邀约
比天荒地老更让人手足无措

给孕妇让路

坚持做一个给孕妇让路的人
是一种美德，在美德所剩无几的时代
坚持行注目礼，侧身闪避
在人潮汹涌的街头
怀着喜悦和隐忧
怀着茫茫人海中的孤独，无助

航拍生活

终于理解了上帝

人世间有这么多的苦

为什么他都视而不见

当无人机盘旋在我们头顶

身处沟渠中的人也获得了

全知全能的视角

一种波澜壮阔的美铺展在眼前

终于理解了美

由苦难造就

却盘旋在苦难之上

大地上并不存在废墟

人世间也没有废物

一种波澜壮阔的美

在沟渠中汹涌

转　述

去东湖拍荷花的人回来
告诉我，荷花都谢了但荷叶
依然碧翠。他给我看
照片里的鸟：一只白鹤
蹲在荷叶上，正将颈项缓缓回收
两只鸳鸯背对着背在凫水
乌云从磨山那边压过来了
江鸥飞出云层像几封信笺
被梧桐树寄出去了
又被水杉树退回来
一对恋爱中的男女骑着共享单车
驶出绿道，他们岔腿撑车
站在桥拱上，他们的倒影
像两滴浓墨滴在湖面上
某种迫不及待的事物就要氤氲开来
这是初秋的一个下午
我要向你转述疫后武汉的生活
天知道这些熟悉的事物
都曾经历过什么

下厨房

下厨房是我常用的一个 APP
每当在厨房里遇到了难题
我就会用它向陌生人求助
后来我发现厨房里的问题
永远不可能彻底解决
问题来的时候
答案总是七嘴八舌
锅已经烧红了
谁先跳进去呢
我在厨房里又蹦又跳
瞧，他多么快乐
因为问题缠身
谁也别想阻止他
做一个作茧自缚的人

飘窗之歌

飘窗空置得太久了
需要养一盆兰草
搁在那里
不开花也行啊
兰草若是枯萎了
花盆也不用移去
有一天它会长出另外的绿植
哪一天它才会破损呢
活着的人靠耐心守候
在结结实实的房间里
耐心若是用尽了
飘窗上就会落满灰
阳光每扑打一次
灰尘就会满屋子飞

柿子与螃蟹

——给匪我思存

醉意是突然到来的
前一秒还在吃蟹腿，饮酒
后一秒就知觉全无了
两秒之间是一段空白
一个庭院深深的下午
亲爱的母亲站在柿子树下
为我们烤五花肉
托她的福呢
连绵多日的阴雨终于结束了
金色的秋天原来如此饱满
螃蟹与柿子，这一对
深秋的尤物从来不曾
这么近距离地相处过
就像昨天下午挨着今天下午
我必须重复着生活
才能记住生活的好

在曲园

——秋雨夜致河南兄弟

在北方造一座园子
一定会残留南方的痕迹
就像南方人去过北方
一定不肯轻易掸落北方的风尘
而在中原，造一座园子
并不比造爱容易
你有爱的权利而她
曲里拐弯，秘境
一直通往我们消逝的青春
谁会在意梦中的现实呢
石头来自太行山
钢板来自钢铁厂
我来自已经遗忘我的地方
我们坐在深秋的凉亭里
侧耳倾听身边的鱼吻
那是多么轻柔又绝望的声音啊
多么像爱到尽头之后的
爱无力。我想起来了
这是我前世来过的地方
从一道窄门进来

随一片云烟出去

我终于没有活成愿望中的自己

喜鹊在风中

一只喜鹊在两沙运河上空
逆向而飞。为什么
它要这样把自己暴露
在水天之间？翅膀闭合
扇动周围的空气，空气中
飘荡着肃杀的气息
已经是冬天了但这里没有下雪
运河两岸麦地绵延
青青的麦苗围住枯黄的农舍
遥远的荆山在白天也是漆黑的
我们沿着运河驱车上行
前往更为漆黑的楚国，不经意间
路过了春申君的故里
我一直在留意这只伴飞的喜鹊
它似乎有明确的目的
无论河面上的风怎么吹
它都带着均匀的黑白
贴着暮色逆风而飞

在寒夜

在寒夜里枯坐

需要想一些温暖的事情

凡是能够被想起的哪怕

比今夜更寒冷的事物

都能升起温暖的火苗

糊在墙壁上的报纸将被撕下

扔进脚边的火盆

一个活在五十年前的人

将化为灰烬，我用枯枝

拨弄它，眼见着火焰

顺着枝干慢慢地往上爬

寒风鼓吹窗纸

外面在下雪

河面上已经结了冰

冰面紧拽着我穿过的鞋子

两只鞋子相距甚远

鞋帮里面积满了雪花

那一年我五岁

夜里洗完脚之后

就赤脚睡在母亲的怀里

当袅袅的热气消逝

我在梦中还能感觉到

一双手在搓揉它们

2020，今年的最后一首诗

从手机相册里翻出

去年的今日

仔细看

阳台上的那些草木

它们一直那样葳蕤

但久而久之

会感觉恍惚

去年今日我也是这样

在家里独自清点着

我的生活：一口大染缸中

氤氲着一点蓝、一点红

没有什么比无聊更有趣的了

也没有什么比无趣更让人悲伤

我一直这样活着

一年写一首送葬的诗

今年却不知道如何下笔

太难过了，所以太想活下去

今年的每一天都如梦幻泡影

昨天我去换了一部手机

今天我拿它拍来拍去

当最后的镜头转向自己

我看见了那个替我去死的人
站在我身后，对我说：
"若是你敢替我去爱，
我就愿意替你去恨。"

第　五　辑　2021

围　裙

我买了一条新围裙

回到家里才发现

裙带需要从背后系

但无论如何

我的双手都无法够到那里

那里需要你，而我在这里

做饭的时候我总在想

谁来帮我系一系围裙啊

谁来帮我穿好

这最后一件花衣裳

无 题

阳光太好了。这几天
死人形同活人
远方也像附近
初春处处是陷阱
譬如爱情
中途分手的人还在假设
那些来不及发生的事
譬如曾在我诗里出现过的
那家花圈店
最醒目的依然不是绢纸
而是性保健品
菊花走在路上遇见了玫瑰
玫瑰在前面走
菊花在后面跟

第二幅自画像

读一个欢乐的故事我也有泪水
悲伤的时候悲伤莫名
悲伤的时候移开手边的放大镜
在近视与老花之间反复调试
我与你的距离。太阳也在调试
她要换一个角度去照耀
那些我们不曾见过的草木
那些活在欢乐与悲伤中间的人
每一个都如我这般
难以分辨哪一部分是欢乐的
哪一部分属于悲伤
我已经很难澄清这沉重的肉身

如何在诗中吹响一支柳笛

东湖的垂柳全绿了
细嫩的柳枝在风中摇来摆去
我过去看我的倒影
如何被湖水澄清——
那是一个少年踮起脚尖
使劲拽拉折断一根柳条
那是一把小刀轻轻
划开了树皮，褪下树皮
我过去拿着一截翠绿的管子
对着空蒙的湖面
心无旁骛地吹——
我看见他鼓起的腮帮
当他使劲吹的时候
周围的人都屏住了呼吸
当他轻轻吹的时候
附近的鸟儿都应和了起来
柳枝摇摆，风轻云淡
我有过这样的过去就像
今天是今生多出来的一日

报春曲

会唱歌的那只鸟儿回来了
我确信，她就是
去年此时在窗外歌唱的那一只
在消逝了一年之后
她又衔着同一首歌
回到了窗前的樟树林
昨天中午我侧身静听
想到了去年的这个时候
我每天都在等待她的安慰
我确信这首歌
饱含深意——
献给未来，也献给末日
诅咒命运，又热烈地赞颂生命
看似一成不变的樟树林里
落在地上的叶子与新生的叶子
完全相等，但我确信
歌唱和唱歌不是一回事
这只歌唱的鸟儿也不是
在你窗前唱歌的那一只

春雨中

大姐发来一张照片
蹲在自家的油菜花丛中
金黄的春光放大了她的笑容
我正在炒菜，用她托外甥
给我捎来的菜籽油
看一眼照片，再瞅一眼
热气腾涌的不粘锅。我想告诉她
这菜籽油香极了
外面在下雨
好多天了。这雨时断时续
落在我们目力所及的地方
该开的花都开了
该说的话总让人觉得难为情

弹　指

来到汉阳门的人
都会先在桥拱下面留下一张合影
与长江和大桥一起
江水在埋头赶路
大桥镇定如昨
我也一样，但那是三十年前
旋涡绕着桥墩翻卷
江鸥追着渡轮
一切都是那么完好
唯有我自己留意到了
当年紧握的拳头
已经在不知不觉中松开
不知不觉中身边的事物
都变成了亲密的战友

比　手

我越来越害怕在家人面前
伸出手来，这双手过于白皙
时常插在充满歉疚的口袋中
因无能为力而无力自拔
有一天晚上
全家人都围坐在炉火旁
只有我兄弟还在户外
就着尚未结冰的水清洗藕泥
直到我出门解手才顺道
把他喊进屋
天寒地冻，却并未下雪
我们哆嗦着
在水龙头下面洗净手
回到火炉边烤火
白炽灯静静地照着
六七颗亲人的头颅
热气在我俩的指缝间缠绕
仿佛小时候我们共用过的
那块经年的毛巾布
我兄弟突然伸出手来
拉过我的手，轻轻摩挲
而后笑道："这才是手。"

接雨的人

何为甘霖?

甘霖就是五岁那年夏天

我正在吃饭，突然听见

外面有人喊"下雨了!"

全家人都放下碗筷凝神静听

不约而同拿起身边的家什

瞬间，锅碗瓢盆桶

便摆满了天井

天井之上是青天白日

但忽然间，乌云漫卷

豆大的雨点凭空落下来

老天爷终于敲响了

穷苦人家里年久失修的乐器

何为圣旨?

圣旨就是那天暴雨过后

我父亲走到天井中央

站在一群盛满水的容器中间

长久地仰望苍天

屋顶上的瓦楞冒着一缕缕热气

屋檐下的我们终于长舒了一口气

给袜子配对

从一堆袜子中找出
一对袜子，倘若
还要求它们是原配
这算不算过分？
一堆洗净的袜子，看上去
都一样：一堆黑
或者，一堆灰
我讨厌你们的设计
却又屈从于这样的安逸
有时候我在阳台上
挑挑拣拣，胡乱取两只
套在脚上；有时候
我在路上走，忽然会停下来
想起它们不是原配
却仍能齐头并进——
这小小的秘密令人欢欣

父亲从房顶走过

最近时常梦见父亲，一个
恐高的男人昨晚又爬上了
年久失修的屋顶
他要抢在下一场暴雨来临前
捡拾瓦漏。那些灰白的瓦片
一块一块摞在椽梁上像一片片
风干的鱼鳞，事实上它们
就是鱼鳞，在无尽的旱季等候雨水
父亲的工作是将那些散落
缺损的鳞片一一修补完整
我站在木梯下面，眯眼望天
只见父亲颤颤巍巍
手脚并用爬到了烟囱附近
瓦片在他身下发出哗哗啦啦的
响声，而他在响声中
突然直起身来，半截身子
高过了烟囱——这是我记忆里
父亲最高大的一次，只有这一次
他是完整的，从头到脚
都显现在蓝天白云下
但很快，就淹没在了

母亲点燃的炊烟之中——
我在梦醒后推攘着身边的黑暗
感觉刚刚消逝的这一幕
来去无踪，却别有深意

透光的翅膀

欲望减少后身体会变轻
宿醉者知道，第二天
自己会厌世恶生
窗前有蝴蝶飞过，一只
追赶着另外一只
操场上有一群蜻蜓
薄翼无声地震颤
活着美好缘于你想得美
生活不幸，你
在胸口画十字

坐 井

朝没有盖子的井下扔石子

石子越小回声越清净

直到你扔完了身边所有

才想起天上还有

一颗月亮，和无数粒星星

你活在够不着

天空与井底的地方

上升的梯子

下放的绳索

你够不着我。那时候

我多么清冽

时常在井沿旁探头探脑

下面的天空等于上面的天空

我活在其间

看浮云来去匆匆

来来去去都与我毫无瓜葛

车过全椒忽忆天末某人

好久不见

你还好吧

想起那日

你驾车经过我

放慢车速

放下玻璃窗门

弯腰倾身

探向副驾座

笑盈盈的，按了

两声喇叭却不说话

车仍在滑行

我看见你了

我看见自己在你的后视镜中

越来越小

越来越无助

那天马路上有好多人

后视镜里只有我一粒灰

没有送出去的伞

要下雨了
我独自在家
家中唯一的一把油纸伞
歪靠在天井一角
我思忖着是否要抢在下雨前把它送出去
爸爸妈妈哥哥姐姐分散在房前屋后
我拿起伞站在屋檐下
乌云在天空中翻卷
过了一会儿就堆积成山，再也不动
风也停了，站稳的树枝上只有蝉鸣声
我走上开阔的土台四处张望
隐约看见他们都分散在房前屋后
我拿定主意把伞送到芝麻地里
姐姐正在地头弯腰锄草
我拿定主意的时候
雨已经落了下来
豆大的雨点把我赶回了家中
撑开的雨伞好几天没有收拢

越背越重的包

同一只双肩包
为什么一次比一次感觉沉
为了弄清楚
包里面有无多出来的什物
我常常在出门前仔细清理
不过是些固定的洗漱用具
茶包。香烟。充电器。耳机以及
几件换洗的衬衫，还有
一两本书和一两支中性笔
（这两年多了一包口罩）
我把它们倒出来又装进去
装进去，又倒出来……
同一只双肩包，我感觉
它的外形越抻越大了
而它的内里越来越神秘幽深
我常常探进手去触摸到
某些我从未接触过的东西
它们安静地待在某个角落
提醒我生活是一块橡皮擦
错了就错了，沉重的是
那些橡皮屑，压迫着我的
也是这些看不起眼的杂碎

上花坡

拳参、柴胡、漏芦、毛建草和麻花头……
我叫你们的时候，你们惊讶地望着我
我叫你们的时候，你们要簇拥我
紧随我去世界的尽头生活
蓝天、白云、阳光和月亮，还有风
我叫你们的时候，你们要
同时出现在这面山坡上，你们要
相互包容，彼此印证和成就
我们在世界的尽头同织一床百衲被
我们在光天化日下各做各的梦
也将因为这些梦的圆满、遗憾和残破
而丰饶，而配得上曾经受过的苦

一日之始

我在阳台上看绿植的时候

我父亲颤颤悠悠挑着水桶

走进了 1984 年盛夏的菜园

我站在一株披头散发的龙血树后面

透过纱窗朝阳光射过来的方向看

一日之始，始于一叶障目

我脑海里幸存着广阔的江汉平原和

逶迤的大洪山、荆山、仙女山

万千草木在黏稠的晨风中欢欣鼓舞

我父亲在田埂上来回换肩

我父亲泼出去的水被他脚下的泥土全部吸收

我为浮现在脑海中的这一幕而感动

仿佛只要我还能坚守着眼前

这样的视角，就不会受困于身边的杂草

就能像我父亲那样

在死去多年以后依然活得清晰明白

林中闪电

哪里都去不了的时候我选择
往回走，如果脚力足够
我甚至可以走回 1994 年
夏天的芦芽山——
在阳光也无法穿透的密林深处
闪电仍在记忆中追赶我——
一道又一道闪电，在我们身后
无声地抽打云杉和油松，而惊雷
盘踞头顶，在我们看不见的树冠上来回滚
年轻真好，但那时候的年轻人意识不到
我们只是一味地贪恋着落叶的松软
在上面弹跳，欢呼，并不知晓
这些危险的举止会带来什么
当我们从丛林深处奔涌而出
骤雨停歇，太阳破开云层
我记得临别时曾经回过头去
但是闪电已经放弃了对我们的追逐
那些一度被闪电划亮过的面孔
如今都已经黯淡了，如同
那一棵棵你推我搡的阔叶树针叶树
离开森林之后就沦为了柴火

裙带菜和圣女果

当生活被简化成了吃什么
怎么吃就成了问题
多新鲜呐，但新鲜的
还不是问题本身而是
猿猴面对坚果，举在它头顶上的
石头是不是太久太重了？
我在足不出户的日子里
一遍遍用清水擦洗愁容
然后回到网络上走马观花
刚才我在淘宝上闲逛
看见了裙带菜，和圣女果
毫不犹豫下了单，并嘱咐
满面笑容的客服："最好不要
用中通发货啊，我这里不好收。"
"我们用顺丰。"她回复道
多新鲜呐，如果还有期待
那么这就还不是最坏的生活

吐苦水的人

在一部寂寂无闻的纪录片里
一个吐苦水的男人面对镜头
一言不发，只是不停地吞咽
何以见得他胸腔里面翻涌的是苦水？
在那张满是皱褶和倦意的面孔前
蚊虫飞来飞去，他并不挥手驱赶
他身前的河水还在暴涨
他身后的地里种植着暴雨过后
成片倒伏的稻子，和棉花
不远处的山头上是被洪水
刨出了根须的橘树林，仔细看
还有几颗青橘挣扎着往山下滚……
这是八月的一天，丰收在望的一日
明年还有八月，画外音在安慰他
男人在镜头里面一言不发
我把纪录片倒回去重看了一遍
着重留意了一下他上下滚动的喉结
他吞咽的时候特别用力
隔着千山万水，我仿佛
听见了命运的管涌声

追邮差

脚踏车又叫洋驴子
驮着一个浅绿色的人
从深绿色的乡间公路上滑过去
铃铛一路响啊
油菜花一路黄
前面是漫长的坡道
那个人突然张开了双臂
仿佛一只鸟
慢慢变成了蚁
我蹲在山冈上
想用树枝给远方的我
写一封信
那一年我还不叫张执浩
那时候他们叫我张正军

从回忆的地方开始

建一座水库吧

建一座小水库哪怕它

只能保证我一个人旱涝保收

选址在那座大坝的上游

从水面结束的地方开始

垒一道堤坝

坝基要用黄色的黏土

夯实后要在坝堤上种满盘根草

旁边还要挖出泄洪道

然后我要去挖土了

然后我要去山上引水了

然后我就坐在小水库旁

满足于自己的库容

想象着未来的生活

当我回到山顶上眺望

山谷里、夕光下的

大水库和小水库

我度过了一个波光粼粼的下午

那也是我记忆的河床上

无比干涩的一抔土

致甲方

不要做被灾难激活的人因为
灾难就像一顶风雨中的帐篷
就像你穿着雨衣走出帐篷
拿一支逐渐黯淡的电筒照射
那无望的夜空：地上没有的
天上也不会有。不要心存
侥幸，你从命运那里领受到的
不过是你应得的，余下的部分
尚需另外一份合同，更苛刻
回旋的空间比帐篷更小，直至
最后的那份再无余地可供周旋
不要讨价还价了
计算器越来越先进、精准
但生活的成本也会越来越高昂
你已经押下所剩无几的岁月
剩下的每一天都是心血来潮
不必感动，也不用沮丧
在电筒彻底熄灭前，请
把那团橘黄的弱光转向
那张被风雨洇过的纸片
请记住：签名的人将获得解脱
却从来不曾获救，从来不曾

有一根白发

一根头发并不知道自己
什么时候会变成一根白发
它是否有过担惊受怕?
它在主人的鬓角边慢慢长
直到主人突然在镜子里发现了它
这是他第一次见到它
但不会是最后一次见到它
一根白发被拔下来,它消逝了吗
主人在镜子里看着自己的
满头黑发,他满意了吗?
我这里就有这样一根白发
我们相互成全相互安慰
晚风吹拂着晚景,我很满意
这逐渐萧条却又透亮的人生

止 水

没有比一个人坐在空旷的
屋子里烫脚更孤独的事了
当你终于又一次完整地回到
夜晚，倦怠地坐在一盆热水前
双脚探向空虚，没有比此时的
松弛更让人感觉无助
最微弱的水花在最寂静的夜里喧哗
你每动弹一下仿佛就能听见
遥远的回声：那是在另外的
夜晚，户外群星闪烁，室内
争吵不止，后来你们达成一致
同时把脚伸进木盆，六只脚
各守一方水域，又悄悄地
探入对方的领地，在四溅的
水花中结束了欢乐的一日
那也是在另外一个晚上，你和她
面对面坐在木盆前，不厌其烦地
用光滑的脚趾抓挠彼此
脉脉温情在水雾中弥漫
灯光愈暗，脚趾愈白……
而此时是今夕何夕？你孤身

眯眼坐在这里等候一盆热水
慢慢变冷，浮在水面上的
是安静的涟漪，一幕幕偷生者的
奇异往事附着在散去的热浪中

从八月过去

八月最拥挤

地下和地上不再对立

红薯、土豆和花生……它们

要钻出土来，而地面

早已被南瓜、香瓜、苦瓜、丝瓜

西瓜和冬瓜们……，所瓜分

我记得有这样一条田埂

可以串联起童年的所有记忆

从门前的稻场出发蜿蜒而行

经由一块块稻田、旱地

三口堰塘，以及几座塌陷的坟

然后从竹林旁边的菜园子绕回来

但这条田埂已经消失，余下的部分

杂草丛生。我在记忆中走了一段

奇怪的是没有遇见一个人

作物抱团，交头接耳："瞧，又来了

一个无立锥之地的东西。"

无 题

所有的酒

喝到最后

都要面对

毛豆或花生米

吃一颗少一粒

最后剩下的

你看它像什么就是什么

所有的酒鬼

最后都是

一个人

在路灯下

捉鬼

我终于踩到你了

捉到鬼的人

移动着鬼一样的身躯

在一次次扑空之后

坐在寂静的夜里

号啕

经不住窥视的生活

鸟在窗外的树枝间蹿跳

一只通体漆黑的鸟

在十米开外的樟树中

原来是一只卷尾鸟，原来是

一棵在窗前站立了十四年的树

原来，我这样看它们的时候

它们也在这样看我：原来

这里，有一个人一直坐在屋子中间

十四年了，他一直是这样

面朝虚无，心无旁骛

既像囚犯，又像狱卒

原来，这个人活下去的终极愿望

是想成为一只鸟，或者是一棵树

要么像鸟在树上

一遍遍发射自我

谶　言

用讣告的语速朗读一首诗
怀着歉疚，怀着宽宥
去感受所爱之人
他的出生与晚景无异于常人
但无人知晓他是如何战胜
这日复一日的平庸
鲜花很美但最后
也会开出愁容。人间的大欢喜
莫过于破涕为笑，怀着
扫地僧的平静让我
把身前身后的落叶拢到一起

晃动的树梢

士兵在战争间隙回老家

帮妇人割小麦

倒伏的麦地上

三个毛孩子在打闹

一把铜水壶在麦田尽头等候

夜幕降临。夜幕降临了

士兵躲在灌满月光的战壕里

抱着渐渐冷却的枪管

给母亲写信：

"妈妈，我至少向您索要了一个吻……"

年轻的士兵将信叠放进衣兜

抬头呆望着冰凉的星星

树梢在头顶上轻晃

我们总是在镜头摇向树梢的时候

才意识到爱的苍茫与局促

黑暗中也有蓝天和白云啊

那是更深的蓝，更惨淡的白云

黑暗中总有一双眼睛在彻底阖上前

为愈来愈陡峭的树梢送行

树菀死命地抓挠着土地

摇晃的树梢一点一点

褪下绿，褪尽绿
彻底退出了这片森林

厨余论

我时常是在走进厨房之后
才想起自己是个诗人
拉开冰箱，或打开塞满干货的橱柜
我脸上浮现出只有自己才能
觉察的笑意，这笑意遗传自
我的母亲，但早已从她脸上消逝了
即便她还活着，也万万不会想到
她的小儿子会是这样一个人——
一个诗人？诗歌是什么东西？
我在永远都显得逼仄的厨房里打转
寻找着食物与食物之间的联系
其实是陆地与海洋、山川与河流
当然，更是我与你之间的关系
我深知，最高明的厨师有能力
调动他所有的味觉、嗅觉和视觉神经
甚至他的听觉系统也要服膺于锅铲
碟盘，以及油与水的碰撞和交汇
让食物与食物之间达到喜相逢的效果
我容易吗？妈妈，当你
在我背后的照片里笑着看我时
我正将版纳的松茸与渤海的海参

还有金华的火腿处理干净，妈妈
我知道你活着时所见甚少
我这就带你去看日常生活中的奇迹

捉泥鳅

稻田在种上禾苗之前
有一段空窗期，空荡荡的
田里灌满了水，只有稻茬以及
胡乱纠结生长着的蓝花红花草籽
正是桃花杏花含苞待放的时节
附近的李花和槐花也要开了
雨下一下，停一停，都是细雨
密密麻麻落进水田，而水
永不见涨，转瞬又出了太阳
我有点庆幸自己曾活在那时那里
在触抚不到天空的年纪也去过
装满天空的稻田，快活啊
从那扇平静的窗户往外爬
踩踏着水泊里云状的牛羊或刍狗
当我赤脚站在软塌塌的稻茬上
一条条泥鳅滑过了我的脚踝
我抓不到它们，整个童年我见过
很多泥鳅，却没有真正捉牢过一条

仲秋絮语

我的清晨决定了我的晚景

当我不疾不徐，端着一只满盈的茶杯

挨你坐下，听你谈论种种烦心事

我的沉默意味着

我不能给你更多。生活

不是建议的结果，生活

是面向蛛网穿过去

将一根根蛛丝理顺

我在清晨保持着先看绿植的惯性

阳台被封在屋子里，但草木仍会颤抖

感应着户外的朝阳和风气

我已经老了，但并不彻底

你看那些树叶子，那些凭藉

某种意志而活着的无谓的生命

如果你看得足够仔细就能发现

它们的无畏，如果有一阵风

你还会看见它们莫名的欢喜

"我在"

我家的按摩椅有语音对话功能
每次坐上去，当我发出
指令："小芝，小芝。"
她就会回答："我在。"
"肩椎按摩。"
于是便有了肩椎按摩
有时候我说："牵引按摩。"
她也会回答："好的。"
我时常在远离按摩椅的地方
怔怔地望着户外，或者
在书房里思想着这一天
该怎样结束，突然听见
客厅里传来小芝的声音：
"我在。"
清脆的女声回荡
在空旷的房间里
有时候我以为只要她在
我就能接受这样的我

德东死了

德东死了。毛子在殡仪馆
给我打电话："帮你送个花圈吧，
赶紧发十块钱给我。"
德东死了，一个鲜为人知的艺术家
死在了上午的朋友圈中
我有过瞬间的恍惚：德东，德东
我们曾在东湖畔，高朋满座的酒席上
见过一面，只此一面
却像老友历历在目，就像
悲伤有时候能让人靠得更近
这世上的同龄人只减不增
这世上的花圈一个会比一个轻

忆额济纳旗

在额济纳旗的沙砾深处
一株倒伏的胡杨木
远看像一只骆驼
走近它的女孩骑在驼峰上
朝远去的男人们拼命挥手
在额济纳旗的胡杨林深处
还有很多这样的胡杨木
千百年来它们以死亡的形象活着
游客沿额济纳河来回摆拍
金黄的树叶铺满了清浅的河床
金色的风只有在这里才能见到
在额济纳旗死一般寂静的天空下
我见过死一般寂静的星空
就像宇宙大爆炸的慢动作
就像那天晚上我们并排躺在沙漠上
你在大喊大叫,而你的喊叫声
直到此刻才敲响我的耳鼓

皂角树下

皂角树下只有一种生活
母亲抡起棒槌反复捶洗
一堆没有颜色的衣服，一层层水雾
扬洒在空中，即便多年过去了
还没有完全散尽
皂角树下只有一种声音
当我循声望去就能看见
挂在半空中的半月形的
皂角，它们在树叶落尽之后
依然固守在皂角树上，即便
母亲多年前就停止了捶打
我依然能够听见生活在哀求
皂角树下只有一种阳光
均匀地洒落在弧形的晾衣绳上
滴水的衣服终于干透了
我也终于穿不上它们了
我赤裸着坐在水塘边的石板上
望着倒映在水中的皂角
试着抡起那根完全干透的棒槌
一会儿觉得它太轻了
一会儿又觉得它太重

抓周记

我什么也没有抓过
糖果、毛笔、钉锤或钱币
据说，那天中午
你们把我放进阳光下的簸箕中
让我随心所欲地爬向生活
而我只是呆呆地坐在那里
左顾右盼，后来才抬头
寻找白昼里的星星
像一个傻子似的
多年以后我年迈的大姐喊我回家
参加她孙女的周岁纪念日
我们重新回味了一遍
记忆里最深处的角落
"总之，你是两手空空地
爬出簸箕，摇摇晃晃地扑向了
妈妈的怀抱……"
那是一个多么完整的日子
只有我的记忆是缺失的
阳光灿烂，空虚的天上
几颗明亮的星星代替我
在另外一个世界津津有味地生活

钓竿上的蜻蜓

蜻蜓喜欢栖落在伸向水面的钓竿上
一动不动的钓竿
一动不动的浮漂
一动不动的蜻蜓
如果我也是这样保持着
一动不动的动作
一个上午眼看着就要过去了
伸向水面的钓竿眼看着
再也没有拉回来的必要
如果我能够将这个动作保持到
母亲来唤我回家吃饭的时候
我就能将这个动作保持到
晚年：我在这里，坐着
目光投向空蒙的时光深处
耐心地等候意念澄清之时——
尽头是那个风平浪静的上午

烟道之诗

我家的烟道出了故障
这些天别人家炒菜的时候
气味就会在我家乱窜
风扇怎么也无法排出
物业不来人
我又不擅长爬进烟道
查看究竟是什么堵住了它
更不可能上楼挨家挨户打听
谁家在炒辣椒肉丝
谁家在炖萝卜牛腩
每次饭后我们坐在客厅里
闻着别人家的味道
逐一排查楼上住户的习性
时间久了就仿佛熟悉了
这些平日里懒得走动的近邻
有时候我在楼下碰见某人
很想上去问一问："昨晚
你们家是不是吃了炸辣椒?"
但终究觉得生活的趣味在于
它的私密性,就像我是诗人
但我绝不是
在光天化日下写诗的那个人

搜刮出来的诗

北风在户外搜刮了一夜
今日小雪。晨起搜衣
翻出去年此时的一件绒服
并从内兜中找出了一只口罩
皱巴巴的，像紧缩了一年的心情
很难再有御风而行的好时光了
姑且在摘下口罩后强作欢颜
体面地回到一件旧衣服内
树叶在风中迷狂地摇摆
并没有哪一片叶子落下来后
想重新回到树上，否则它们
不会尾随我朝冬天深处走
而我要去打加强针，要去
接受没有你我也能独活的现实

像一把刀子

握一枚铁钉

走八里路去

见一段铁轨

火车从八里开外驶来

轰隆隆的震颤声

让小小的铁钉颤抖不已

我躲在不远处的坟堆后面

等候列车驶过

直到轰隆隆的声音消逝

在怦怦的心跳声中

才回到铁轨旁

在枕木上找到

那枚铁钉，哦

它已经不是一枚钉子

它已经变成了一把小刀

回家的路上

我用拇指的血

为它开过刃

无　题

手机关了就不要轻易开启
尤其是在黎明前的黑暗中
你突然醒来，想到
自己还活着，他人应无恙
树在初冬的户外站着做梦
树叶越少，梦越固执
没有办法的事就是在黑暗中
保持着做梦的姿势
这姿势保持得越久
黑暗就越是拿你没有办法

无 题

给鸡爪剪指甲
是一件痛苦的事
白森森的鸡爪
浸泡在清水中
很难说清楚生命的
尽头是生活，还是
生活的尽头是生命
于是，"咔嚓"一声
"咔嚓""咔嚓"……
干脆的声音在重复
并不包含痛苦
却饱含着无助

有些时光从不倒流

从西向东的江水流经我身边时
变成了从南向北
每到黄昏我就朝长江靠拢
冬日壮丽的夕光泼洒在江面上
首先陷入黑暗的是汉阳
之后汉口亮起了灯火，而武昌
因为我的走动迟迟不肯合上夜幕
这是长久生活在岸边的结果
无论顺江而下还是逆流而上
宽阔的视野里都有感喟之声
从前我们搭乘四面透风的轮渡
在船舷上追逐江鸥的身影
而现在，你我神色平静
一簇簇漂浮物绕过旋涡走向宿命
江鸥依然在盘旋且永不厌倦
唯有汽笛拉响的那一刻
你才会留意它们倾斜的翅膀
只是御风而行，并不需要扇动
沉浸在脑海的幻象已经所剩无几了
有些时光从不倒流
有些人活久了就会变成岸礁
你甚至忘记了它曾经是石头

一树鸟

喜鹊从来不往城里飞
它们只在广阔的乡间结伴而行
冬天来了，落尽了树叶的
小白杨上落满了乌鸦
一只落单的喜鹊不知出于什么缘故
径直朝这边飞来
乌鸦截住了它，将它团团围住
巨大的吵闹声撕碎了我的白日梦
我在天空下茫然地散步
刚刚靠近一棵霾中的梨树
一树的麻雀就栽进了满是稻茬的田地
一头长久没有犁过地了的水牛
正驮着两只八哥站在夕光里反刍
我记得年幼的我曾坐在它的犄角上
被它这样举着回了家

无 题

不洗头的人不知道头发有多沉
不说话的人不伤人
我人微言轻，反正
我靠自言自语也能度过今生
中年逢霾
少年有雾
错觉是你以为心中还激荡着
爱的波涛，但那不过是
一些混乱的杂念像早年
那件酱紫色的毛线衣
织的人走了，穿的人轻轻
一扯某个线头
就不再是毛衣了

无　题

鲢鱼跃出水面在空中
腾挪的样子酷似
我此刻面对现实的神情
紧绷的身体里注满了
抽离现实的愿望
渔网在收紧
我明明知道这世间
并不存在漏网之鱼
但仍需在被捕获前奋力一试
众多的惊叫和欢呼声
都映现在了我惊恐的眸子里
也只有在这个时候
我才能见识到真实的人类
渔网在收紧。这是
冬天的原野啊
青青的麦苗围着池塘
围着我们的坟场
在歌唱："哎哟嚯，哎哟嚯……"
这是一条大花鲢在给命运投食

无　题

餐桌尽头，一盆蝴蝶兰

已经盛开了三个多月

算得上仁至义尽了吧

昨天晚上我用花洒对它喷水

花瓣纷纷落下，钱币大小的

花瓣落满了黑色的火山石桌面

很久没有家宴了

最近我该请你来

蝴蝶兰待过的地方

坐一坐，聊一聊

这精疲力竭的生活

无　题

看一棵树只能看见它的侧影
旁逸斜出的枝干和密密麻麻的叶片
它建造了自己，一座无声的庙宇
朝拜者是一些尽情欢闹的鸟儿
我时常被它们的拍翅声所吸引
从树叶摆动的幅度和亮度来揣摩
天气：今日阳光灿烂
我把目光投向了树冠，看见
一片蓝天在等候一朵白云
而白云还在你的头顶，需要一阵风
将她送过来，给这棵神秘的树
戴上一顶神圣的帽子

九斤棉

用九斤棉花打一床被褥
——这是我小时候听过的
关于冬天的最温暖的表述
缩在僵硬的被衾下想象着
被九斤新棉覆盖着的身体——
这是每个冬天的常规动作
棉桃被摘下
棉籽被摘除
棉花被装进了麻包，运走
冬天到了，雪花包围房屋
我们围坐在火笼旁
迟迟不肯上床
在以后的很多年里
我一直在掂量九斤棉花的重量
那些曾经压迫过我们的
或许真的就是一场梦
一年接一年
这场梦像那九斤棉
让我不敢吭声
让他们喘不过气来

2021，今年的最后一首诗

从收发室拖回一车书刊
摞在房屋正中的地板上
迟迟不愿打开
年底了，我总在想明年
可能会发生的事
"世界还会好吗？"
我替我女儿问自己
窗外是冬日明丽的阳光
间或传来几声鸟鸣
却没有等来热情的呼应
冷清的树叶，忍冬的花瓣
我一次次将目光投向它们
收回的时候仿佛
倒吸了一口凉气
这时候我的父母仍旧活
在相框里，一屋子的书籍
包围了没有读过几本书的他们
我试着打开其中一本
我试过用一首诗驱赶
身体内部的寒意

第 六 辑 2022

清晨的鸟鸣声给过我太多的启示

倾听和说话

为人的基本礼仪

请安。祝福。祈愿

有问必答和有求必应

赞美有限的树荫和无限的天宇

始终保持探询的口吻

不说大话，不插嘴

克制住炫技的愿望

视每一次发声为清洁肉身所需

但要时刻记住：

歌唱只是本能

唱歌才是本事

钥匙放在鞋柜里

亲爱的老王
你 9 月 15 日凌晨发给我的短信
我 11 月 28 日下午才看到
"钥匙放在鞋柜里。"
显然是你酒后发错了人
幸好不是别人，幸好
那天晚上我已经睡了
不然你们喝酒的时候
你家里发生什么我百口难辩
也是这条短信提醒我
千万不要把钥匙放在鞋柜里
人人都爱做的事
往往充满了危险
幸好你我都在危险的边缘苟活
至今，至今还有一把钥匙
可以在这个世上找到寄存人
即便是在酒后
下意识里还有些微的理性

每一次告别都是阳关三叠

我妻子完美地继承了

她母亲的待客之道

每一次家里来了客人

她都会耐心奉陪

末了一定会坚持

将客人送出楼道

更早的时候是在香溪河畔

半山腰上，我的丈母娘

总是站在陡峭的路口朝远去的

背影挥手，这情景

像极了当年昭君出塞的情形

云帆高挂，滴水奔流

所谓前程不过是鸡蛋

执意要去碰触石头

明天她就跨入九十大寿了

我的岳母仍然颤巍巍地

站在租来的楼道扶梯上

对着消逝在旋梯里的脚步声

大声喊道：

"慢走啊，再来啊——"

除了这绵长的人世之音

什么也不曾留下

什么也不会带走

母亲在吃头痛粉

一个初春的恍惚的午后
我在灌满阳光的阳台里闲坐
突然想看看母亲生前在干什么
她不是在铡猪草，也没有
生火做饭，洗衣服或晾衣服
她正在仔细地撕一个小纸袋
纸袋外面印着一个人捂着头
纸袋里面是白色的粉末
母亲，哦，此时应该是妈妈
熟练地仰起头将粉末朝嘴里送
那里也是阳光普照啊
可我怎么也看不清她的表情有多苦

盒马送来了恩施的雷笋

每剥一片笋衣
念叨一个地名：
巴东、建始、利川、宣恩、咸丰、来凤、鹤峰……
每念一个地名脑海里就浮现出一张面孔
有时候几张面孔交叠像觥筹交错
春天了。春天啦
春天的每一次闪念都是
一声惊雷，怀着巨大的隐忍

烟　囱

父亲被推进焚尸炉时
我正在绿皮火车上怅望
冰天雪地里的一截烟囱
烟囱下面是青青的麦地
皑皑白雪托举着五年前
那个眼泪被冻住了的下午
事后我侄女对我说：
"爷爷好半天才烧透，也许他
是想等你回来再看上一眼。我真想
用泪水把炉火浇灭，可我做不到……"
我们都做不到。父亲
在燃烧，火炉里面
是"父亲"这个词的残渣余末
它们顺着高高的烟囱爬向天空
我们原本以为那根红砖垒砌的圆柱
会用青烟塑造出他的轮廓
后来才发现这是不可能的

监控幸福

凌晨三点半
老丈人来电话说
早饭他已经做好了
劝了半天他才回到床上
重新躺下
早上七点丈母娘起床
摸进厨房喝了一碗粥
又回去睡觉
十点钟，两个人
坐在客厅沙发上
面面相觑：
"你吃饭了吧?"
"我吃了。你吃了吧?"
"我不知道。你吃了什么?"
"我不知道我吃了什么。"
阳光照看着他们佝偻的身影
昨天护工请了假
今天又是漫长的一天
两位老人各自牵起一角报纸
头挨头出现在我们的
监控镜头中
像人世尽头的一幕

三月的最后一个下午

三月的最后一个下午
我洗好了四月要穿的衣服
泡一杯利川红，挨窗坐下
窗外在发芽，或开花
我已经准备好了
周身再无挂碍之物
一切都是诗，任何悲喜
都可以轻松找到我

无　题

蜡烛燃完了
烛捻枯槁，呈人形
仆倒在烛泪中
我在等候烛泪凝固
从黑暗中伸出去的手
摸到了火种，却不能
搀扶起更黑暗的事物
有很多年我在搜集烛头
抽屉里面塞满了光明的证物
每一次拉开抽屉
我都能看见
每一截毁损的人生里
都包含着这样的不甘不休

九码头

从宜昌九码头乘小客轮
上溯至秭归三斗坪
再沿香溪河前往高阳镇，这是
我最为熟悉的一段长江水路
每一次路过时我都看见
两岸疾行的青山，峡江如练
在身边翻卷，人间越来越遥远
再往里走就会被金丝猴缠住
有一回在九码头，同伴与三轮车夫
发生了争执，差点引发殴斗
我护住身怀六甲的妻子躲闪
在人群里。这件事
我后来对女儿讲述过
但我没有告诉过她那才是
我心目中的九码头，而不是
现在的高峡平湖，江水仍在流动
心藏旋涡的人早已适应了现世的安稳

无　题

清江河畔仍然有炊烟升起

绿茵茵的清江河水

明晃晃的炊烟人家

白墙黑瓦，不见人影走动

倒映在河心里的山岚

停泊在河岸边的柏木舟

亲爱的生活

当眼前所有的景象

都一动不动的时候

你不妨渡我

重返这样的白日梦中

纪念一棵桂花树

在老哥的院子里落座了很久后
才想起这里应该有一棵桂花树
三十年前父亲把它种在水井旁
二十年前我曾坐在树下看月亮
十年前我还毫不费力地攀爬过
五年前父亲死了，我坐在树下
哭，而树叶在我的头上抖动
多好的一棵树啊
每次回来，父亲和我
就在树下面对面坐着
一阵风过来赶走了另外一阵风
一阵风唤我回来一阵风送我走
而当我不在家的时候，树下
也总有两把椅子面对面空着
多好的桂花树啊，我起身去
院墙外寻找，迎面碰见了老哥
"我把它砍了，因为它总是落叶……"
他轻描淡写，他居然会因为
一棵树总是落叶就把它砍了
他居然以为这世上真有一种树
从不落叶，而且还能像
那棵桂花树一样根深叶茂

无 题

剥开莲子看见一瓣
小小的绿，这可能是我
仔细瞧过的最不起眼的绿
也是我仔细品尝过的
最清淡的苦，无味之苦
取一只玻璃碗，倒入清水
将剥下的莲心放进水中
让它们安静地漂浮或下沉
倘若这样的安静我也无法忍受
那就轻轻地摇一摇脑海里的
那些消逝了又重现的
美好生活的残留物

夕光里的抒情诗

我父亲年轻时曾学过医
但因出身问题，不得不
放下针管拿起了农具
直到母亲临死前几个月
父亲才重拾这一技能
日复一日给母亲注射
杜冷丁，那是我托朋友弄到的
唯一能给母亲带去的安慰
却让父亲痛苦得要命：
"浑身都是钊眼啊，根本扎不进去了……"
母亲去世后，我在屋后
一只竹篮里见到了一堆
破碎的玻璃瓶，父亲见过我
长时间蹲在那里，用一截竹棍
拨弄着夕光里的它们

天鹅起飞

天鹅起飞的动作让人想哭
无论是在水边还是在液晶屏幕前
它们一起飞，我们就会驻足
伸长的脖颈，伸展的两翼
用力踩水的双蹼，仿佛
天空垂下了一根透明的线索
奇怪的是，天鹅飞到空中后
就再也不会回头了
留下我们伫立在空落落的大地上
呆望着那条波光粼粼的水道

快乐之门

老方的妻子说
老方太爱磨牙了所以
他的牙齿掉得早了点
我能信吗？当我
看见老方乐呵呵地
从驾驶室里钻出来
站在马路对面对我挥手
当我看见一个男人正在老去
却比街上所有的人都快乐
而那扇漆黑的快乐之门
几乎直达他的内心深处
我相信我儿时的伙伴
将有一个幸福的晚年
就像我们小时候那样
使劲将乳牙抛向屋顶
一颗接着一颗，而无须担心
也从未想过这一生
都将在虚掷中度过

诗歌的样子

我不太相信
诗歌是你们说出的样子
也不敢相信诗歌
是我已经写出来的样子
诗歌是个谜，我猜
冰山的下面还是冰
上帝把纯白浸泡在纯蓝里
让生活显得像
一杯无法摇晃的酒
我们只能凑过去喝
杯子是杯子，杯子也是
酒的一部分。如果让我
继续猜：诗歌也许是
那只捕猎归来却两手空空的
母老虎，她又累又饿
老远就听见幼崽们的叫唤了
她回过头去望望身后的原野
又回过头来想一想
该拿什么安慰你们
诗歌应该就是我们
在那一时刻

在那只老虎的脸上
见到过的那种神情

死于蛛网的蜘蛛

一只蜘蛛死后像

它捕获的猎物

挂在了蛛网上

几天过后，蛛网

由紧绷变得松弛

蛛丝也失去了往日的

光泽和弹力

今天，一个孩子拿着

一截棍子，在那里

对着虚空挑逗

我路过的时候听见孩子

念念有词："你以为

我怕你，你以为……"

我路过的时候今天的太阳

已经落进了明天的口袋中

而我还要去夕光中翻找

探个究竟：究竟是什么

把儿时的我变成了现在的我

无　题

从天上跳下来的雨被水接住了
许久没有见过雨的水库
整个夏天都在收缩
钓鱼的人沿平缓的库堤
朝大坝深处走去
走到水边，回望
又高又远的蓝天
恍然感觉自己是
从天上下来的人
如果水面继续缩小
他会放弃垂钓的念头
化身成希望被捉走的鱼
如果他发现干涸的库底
其实没有鱼，那么请允许
他赞美这人生的徒劳

今日所见

我信任那些有牛群出没的土地
那也是我曾经极力挣脱的土地
我信任我现在的眼光
在同一片土地上，今日所见
比往日更加细致，和缠绵
今日所见是人烟稀少的故乡
从一再变矮的仙女山顶往下望
再也见不到那样的清晨与黄昏——
牛群钻出薄雾从四面八方漫上来
牛群在炊烟的召唤中翻过山坳
消逝在了一团团暮色中——
今日所见是几台蹲伏在田园深处的
红色的旋耕机，或微耕机
我的老哥哥放下手中永远干不完的活计
陪我在这片土地上四处转悠
暮色降临了，我们的眼光里
含着对过去生活的信任，以及
对未来生活的模棱两可

夜宿濯梦园有感

很久没有这样睡过了
——头上顶着明月
身边簇拥着竹林和树木
很多年没有这么近距离地
挨着一块金黄的稻田睡觉
它在午夜的样子不同于白天
更不同于我记忆里的那块稻田
很少有这样的时候——
喝了酒却睡意全无
我和东林走在铺满瓜子石的路上
这条路通往你难以想象的寂静
咔嚓，咔嚓……一脚浅一脚深
我有过片刻的恍惚，以为
脚下是一条田埂，却发现
前方是一座日式的客栈
我们是理所当然的旅人
四处漫游只是为了寻找
一个可以安放梦境的地方
这世界大而无当，每一具
卑微的肉身都需要小心轻放

无 题

从敞开的烟盒里抽一支烟
结果另外一支率先跳出来
落到了桌面上
我只得把露出半截的那支
重新塞了回去，有时
我甚至会在心里默念：
"耐心点。"都是灰烬
但是，在化为"灰烬"之前
我们姑且称之为"香烟"
有时候，遇到这种情况
我甚至会换上火柴
而非打火机。我会
慢慢划燃一根火柴
在硫黄味飘散之后
再去点燃这支烟，同时
还瞟着烟盒里的那一支

无　题

一件衣服

当它不想让你穿的时候

就会自行藏起来

任你翻箱倒柜

也踪影全无

每当换季总是有

那么几天的恍惚

一件高领羊毛薄衫

我记得它的酡红和柔软

可是忘了最后一次穿它

是去年秋天还是

今年春上

那种舒服

无论我穿它还是让你摸

都让人觉得得心应手

落日的执念

朝阳在虎牙关

太阳在双井和杨店

过了双仙

我们就叫它"日头"

过了周河，我们才叫：落日

落日过了周集、刘集和李集

又过了烟墩

落向漳河和佘溪

我们爬上仙女山

呆望着影影绰绰的地平线

夜幕像一块生铁

山坳里的牛铃声时断时续

这周而复始的一天

时隔多年又一次

划过了我的脑海

月亮越来越远了

月亮越来越远了
科学家给出的数据是
每年离开地球 3.8 厘米
网上有很多人在争论
我上去看了看又下来
今天晚上我仍不放心
又上去看了几眼
月亮还在昨晚的那个位置
两棵水杉之间
一扇通宵不关的窗子
从前我在灯光下做填空题
现如今我在灯光下发呆
严肃的表情里有着
显而易见的空虚

给张德清迁坟

我爷爷的坟堆是个衣冠冢
据说里面只埋了
一顶礼帽和一根拐棍
很小的时候，我父亲让哥哥
带着我去给爷爷迁坟
我们来到屋后的山坡
在一块花生地里，四处转悠
却不知道哪里
才是张德清的坟
后来哥哥指着路坎下
一座隆起的土堆说：
"这就是了。"说着
他弯腰铲起一锹土
担在手上，我还想看看
土堆下面还埋有什么
哥哥已经快步消逝在了茅草丛中
那是一个盛夏的正午，诡异的
旷野里不见另外一个人影
我跟着哥哥来到另外一块花生地头
把一锹老土倒进了另外一堆新土中

天色慢慢暗下来

黄昏里的诗句可以

将人悄无声息地送进夜里

天色慢慢暗下来了

一杯绿茶由清变浑

我仍然坐在书桌前一边写

一边删，但大多数时候

删除的总比写下的多一点

没有人提醒我留意窗外

而我总是不由自主地抬起头来

注视那几片几乎就要凑进窗内的樟树叶

天空被树枝切割成了一个个窟窿

几只鸟正在往窟窿里面钻

我听见鸟鸣声越来越急切

我听见楼下有母亲在催促

她们的小孩，而她的孩子

正用力地蹬着滑板

还有什么是大事

长久的干旱之后
下雨是一件大事
哪怕只是一星点小雨
我们甚至没有来得及
找到雨具，天又放晴了
长时间静默之后
风闻一些消息抄小道跑来
明知道不可能却信以为真
而唯一的真实是：根本不存在
岁月静好，战争也还会持续
如果我的小狗现在还活着
我会揽它入怀，理顺它
始终没有理顺过的毛发
我能够想象它在我怀里
皮毛颤抖的模样，它以为
这是我们在一起的最后时光
我在恍惚中重温了一遍
拥抱的姿势，并用毛毯
捂住了一条死狗激越的心跳

无　题

背对太阳
背着阳光
在冬日的午后假寐
我能感觉到那片光
由轻到重，又由重到轻
像某位至亲的人
爬上了我的背部
又在我将要扭头看他时
悄悄滑落溜走

今年的最后一首诗或我们之间的能见度

诗是无法写了。还有爱

可是做不出来，你无法

在越来越浓稠的大雾中看清

静默的活物。道路两旁

束手无策的草木，无论

是针叶林还是阔叶树

它们都在忍冬，也在受命

伸向远方的路像一根绳索

终端拴在湿漉漉的墓碑上

凸显的阳文写着：羞耻

凹陷的阴文写着：羞耻

你无法弹落睫毛上积攒的雾水

直到今年的最后一天

你还在接受死亡的教育

试图阻止心肠一天一天变冷

张执浩文学年表

1965年，农历8月18日，出生于湖北荆门市城郊仙女山脚下，岩河之滨。

1984年—1988年，就读于武汉华中师范大学历史系。此间开始文学创作，与魏天无、剑男、川上、黄斌、李少君、沉河等同期成为武汉地区大学生诗歌活动的主要成员之一。

1990年，创作诗歌《糖纸》《蜻蜓》，参加由《飞天》杂志主办的首届"陇南春"杯全国诗歌大赛，获一等奖。由此坚定了文学创作之路。

1993年，首次在《人民文学》杂志发表组诗《梦幻者》（9首）。

1994年，参加《诗刊》社在五台山主办的第十二届青春诗会。结识邹静之、叶舟等诗人。

1995年，购买第一台家庭电脑（386），尝试使用电脑写作。在《青年文学》连续发表散文多篇，由此构成了两年后在北岳文艺出版社出版的"先锋散文"集《时光练习簿》的轮廓。10月，小说处女作《谈与话》在贵州《山花》杂志发表。

1996年，创作长诗《内心的工地》，由《星星》诗刊1997年4月号头条栏目推出。

1997年，在《人民文学》第3期发表《张执浩的诗》，第 4 期发表小说《一生能穿多少双鞋子》。同年，《花城》（第 2 期）、《长江文艺》（第 9 期）、《芳草》（第 10 期）、《延河》（第 10 期）和《作家》（第 11 期）分别推出"张执浩小说小辑"。

1998 年，创作长诗《时光问答》，发表于《星星》诗刊第 4 期。在《上海文学》第 5 期发表小说《我们的澡堂》，在《人民文学》发表小说《黄金小鸡》。

1999 年，参加由《作家》《青年文学》《时代文学》等杂志发起的"后先锋小说"联展。

2000 年，在湖北教育出版社出版中短篇小说集《去动物园看人》。在《花城》杂志第 1 期发表中篇小说《浮现》。在《青年文学》第 7 期发表中篇小说《一路抖下去》，并成为该期杂志"封面人物"。

2001 年，组诗《大于一》获由中国诗歌学会举办的"华夏杯"全国新诗大赛一等奖。随后，母亲被查出鼻咽癌，生命垂危。开始长篇小说《入土为安》的写作，年底，交由《小说家》杂志第 6 期全文发表（刊出时改名为《试图与生活和解》），《小说月报》（长篇增刊）随即转载。

2002 年，长诗《美声》在《星星》诗刊第 5 期头条栏目发表，该诗随后获得 2002 年度"中国诗歌奖"。同年，长篇小说《试图与生活和解》单行本由漓江出版社出版。

2003 年，开始接触网络诗人，并与"或者"网站创办人小引、艾先等交往，参与"或者"诗歌论坛的版主工作。8 月，前往康巴地区云游，创作诗歌《高原上的野花》。诗风大变。

2004年，出版第二部长篇小说《天堂施工队》（作家出版社）。与诗人李以亮、余笑忠、哨兵和杨晓芸等共同创办"平行文学网"。年底，"张执浩作品研讨会"在武汉举办。组诗《覆盖》获2004年度人民文学奖。获得第三届华语文学传媒大奖年度诗人奖提名。

2005年，在洪湖主持颁发首届平行文学奖。开始有意识地推举网络新诗人，主编《平行》纸刊第1卷。

2006年，"平行·或者之春"朗诵会举办。公开出版第一部个人诗集《苦于赞美》（武汉出版社）。在《青年文学》（长篇小说增刊）发表长篇小说《穷途纪》，10月，由长江文艺出版社更名为《水穷处》出版发行。

2007年，赴法国、西班牙等地。在由当代汉语诗歌研究中心、《诗歌月刊》《羊城晚报》及网络等平台的投票选举中，获得"当代（1986—2006）十大新锐诗人"称号。创办公开出版发行的大型"泛诗歌读本"《汉诗》，担任执行主编。

2008年，在武汉出版社编辑出版《汉诗》4卷本，力推当代诗坛"新势力"。同时，利用《汉诗》平台开展系列诗歌活动。

2009年，诗集《动物之心》列入"大陆先锋诗歌丛书"（第二辑）在台湾唐山出版社出版。

2010年，主编"汉诗文丛"（第一辑，8本），由重庆大学出版社出版。公开出版个人第三部诗集《撞身取暖》。赴土耳其、埃及等地。

2011 年，受邀在《大武汉》《深圳特区报》开设专栏：
撞身取暖。编辑出版《汉诗·湖北十年（2001—2011）诗
选》，推举湖北诗坛中坚力量。组织召开"首届《汉诗》
笔会暨《新世纪湖北诗选》首发式"。启动"《汉诗》走高
校"系列活动。10 月，获得"十月诗歌奖"。赴俄罗斯。

2012 年，应邀组织参与策划武汉"公共空间诗歌"活
动，首次在武汉轻轨 1 号线展示中英诗人诗歌作品广告牌。
此后，武汉地铁诗歌广告牌逐年增加，最终达到 3900 多
块。同年受邀主持新版《长江文艺》（从第 5 期开始）"诗
空间"栏目，力推当代"第一线"诗人作品。赴美国。

2013 年，参与"六刊一报诗歌联展"活动。主持《大
武汉·地铁周刊》"汉诗在线"，每期印刷十万份，免费向
市民发送，普及现代诗歌观念。参与中央电视台"端午诗
会"的筹备启动，担任文学策划。作品（29 首）入选《中
国新诗百年大典》。10 月，出版个人第 4 本诗集《宽阔》。
湖北省作协联合长江文艺出版社举办"张执浩诗集《宽
阔》研讨会"。12 月，在武昌洪山地铁站举办大型诗歌朗
诵会。

2014 年，诗集《宽阔》获第十二届华语文学大奖年度
诗人奖，并发表获奖感言《给我一个理由》。诗集《撞身
取暖》获首届中国屈原诗歌奖金奖。《宽阔》获第六届湖
北文学奖。

2015 年，获第七届屈原文艺奖。策划组织"春风 403
武汉—南宁双城诗会"、第四届武汉公共空间诗歌活动、
"藏地分享会暨诗歌民谣音乐会"等活动。在 403 国际艺术

中心打造中国最美的诗歌墙："汉诗墙"，并在漫行书店、红椅剧场剧场举办了多场诗歌朗诵分享会。

2016 年，诗集《欢迎来到岩子河》由长江文艺出版社推出。在腾讯文化开设"诗刻"专栏，每周推送一位诗人及作品，共发表 40 篇诗论文章。策划组织"汉诗·巴东笔会""诗刻·武汉—重庆双城诗会"等。

2017 年，获得《诗刊》2016 年度陈子昂诗歌奖，出版诗集《给你样东西》（作家出版社）、诗学随笔集《神的家里全是人》（江苏凤凰文艺出版社）、诗合集《新五人诗选》（花城出版社）、访谈合集《跟着诗人回家》（江苏凤凰文艺出版社）；获得《扬子江诗刊》诗歌双年奖（2015-2016）。在 403 国际艺术中心红椅剧场举办"宽阔——张执浩诗歌分享会"。当选为中国作协第九届诗歌创作委员会委员。12 月，诗集《高原上的野花》由江苏凤凰文艺出版社推出。

2018 年，5 月，获得宜昌市政府与中国作协诗歌创作委员会联合授予的"诗歌大使"称号。7 月，当选为第七届湖北省作协副主席、湖北诗歌创作委员会主任。8 月，诗集《高原上的野花》获第七届鲁迅文学奖诗歌奖。推动策划武汉公园公共空间诗歌系列活动，在解放公园举办迎新诗歌音乐会。策划主办罗平诗歌音乐会、黄鹤楼高校情诗大赛暨诗歌音乐会、蔡甸第二届《汉诗》诗歌采风暨诗歌音乐会、首届东湖诗歌节等活动。编辑出版《汉诗·十年灯》。

2019 年，组织策划第二届黄鹤楼情诗大赛暨诗歌音乐会、第三届蔡甸《汉诗》笔会暨诗歌音乐会、第二届东湖诗歌节暨"诗人如何回应新时代"主题研讨会和诗歌音乐会，策划主办首届安陆李白诗歌音乐会。组织举办曾卓诗歌纪念馆开馆仪式、《湖北百年诗选》首发式，以及咸宁首届全国农民诗歌大赛评奖活动。

2020年，在花山文艺出版社出版散文集《一只蚂蚁出门了》。获得第十六届"十月文学奖"。策划主办"武汉中秋诗会"（蔡甸）；担任武汉市政协"中秋国庆诗歌音乐会"文学顾问。配合湖北省文旅厅和湖北卫视，完成个人记录片的拍摄，由湖北卫视等媒体播出。

2021年，在百花文艺出版社出版诗集《万古烧》（"中国好诗"第六季）。主编当代诗选集《地球上的宅基地》，由江苏凤凰文艺出版社推出。担任武汉文学院院长，力推"文学院签约专业作家"制。出席中国作协第十届代表大会，当选为第十届全委会委员、第十届诗歌创作委员会委员。

2022年，在武汉出版社推出面向青少年读者的个人诗选本《蘑菇说，木耳听》。

2023年，《不如读诗》由长江文艺出版社推出。参与武汉中心书城"武汉诗歌周"系列活动。参与策划首届"武汉文学季"活动。完成武汉文学院第二届签约专业作家评选工作。

图书在版编目（CIP）数据

咏春调 / 张执浩著. -- 武汉：长江文艺出版社，
2024.1
ISBN 978-7-5702-3286-4

Ⅰ. ①咏… Ⅱ. ①张… Ⅲ. ①诗集－中国－当代
Ⅳ. ①I227

中国国家版本馆 CIP 数据核字(2023)第 139573 号

咏春调

YONGCHUNDIAO

策划编辑：沉　河
责任编辑：王成晨　　胡　璇　　　　　　责任校对：毛季慧
封面设计：祁泽娟　　　　　　　　　　　责任印制：邱　莉　　王光兴

出版：长江出版传媒　长江文艺出版社

地址：武汉市雄楚大街 268 号　　　　邮编：430070
发行：长江文艺出版社
http://www.cjlap.com
印刷：湖北恒泰印务有限公司

开本：880 毫米×1230 毫米　　　1/32　　　印张：11.25
版次：2024 年 1 月第 1 版　　　　　2024 年 1 月第 1 次印刷
行数：6692 行

定价：58.00 元